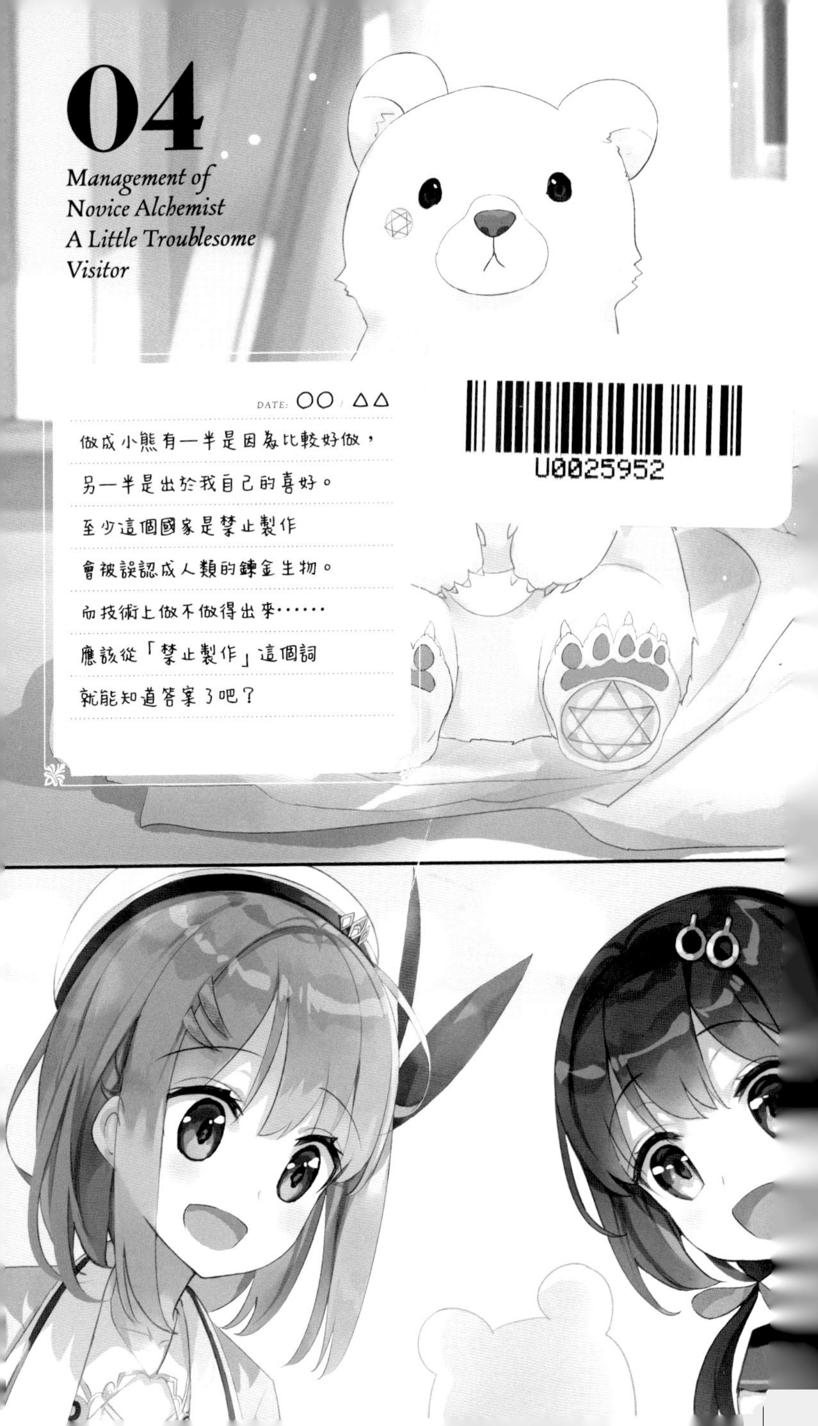

04

Management of Novice Alchemist A Little Troublesome Visitor

DATE: ○○ / △△

做成小熊有一半是因為比較好做，
另一半是出於我自己的喜好。
至少這個國家是禁止製作
會被誤認成人類的鍊金生物。
而技術上做不做得出來……
應該從「禁止製作」這個詞
就能知道答案了吧？

Lorea
蘿蕾雅
約克村雜貨店老闆的女兒。
在珊樂莎的店裡打工。
Sarasa Feed
珊樂莎・菲德
菜鳥鍊金術師。畢業後收到師父送
她一間位於約克村的店當作禮物，
並在那裡開鍊金術店。

Management of Novice A...
A Little Trou...ome Visit...
Iris Lotze
艾莉絲・洛采
採集家。被珊樂莎救回一命，
卻得扛下鉅額債務。
Kate Starven
凱特・史塔文
艾莉絲的搭檔。
跟艾莉絲一起償還欠珊樂莎的
治療費用。
DATE: ○○ / △△
跟鍊金生物的意識同步時，我會沒辦法顧及自己的身體。
其實最好是躺著同步，可是看到蘿蕾雅眼神充滿了不安，
我實在很難說出「我去床上躺一下喔！」這種話。
我在椅子上穩穩坐好，把兩手放在桌上穩住身子，
接著開始緩緩凝聚自身的魔力。

喵
DATE: ○○ / △△
「我想聽艾莉絲小姐講講看很可愛的話。」
「珊樂莎小姐……」
蘿蕾雅聽起來很傻眼的語氣，
稍稍激起了我的罪惡感。
不過，其實要說我是為了聽她講這種話才做共鳴石，
也不為過！

Kadokawa Fantastic Novels

插畫／ふーみ

Contents

*Management of
Novice Alchemist A Little Troublesome Visitor*

第四章

A Little Troublesome Visitor

有點麻煩的訪客

Management of
Novice Alchemist A Little Troublesome Visitor

Prologue

序幕

洛采家的債務風波結束過後一陣子，我們在花了點時間處理調停手續，也寄了感謝信跟謝禮給協助我們的人等事情之後，終於得以迎接安穩的時光。

雖然討伐火蜥蜴的過程稍嫌驚險，不過我最後也拿到了一些現金跟稀有材料，算是有賺到吧？

而且也達成了我最主要的目的，也就是幫助艾莉絲小姐逃離那場婚姻。

至於不需要再急著還債的艾莉絲小姐她們現在——

「珊樂莎，我們回來了。」

「店長小姐，我們回來了。」

「妳們回來了啊，今天還順利吧。」

還是跟先前一樣住在我家，繼續採集家的工作。

我跟她們說「用領地的稅收慢慢還錢就夠了」，可是艾莉絲小姐說「還錢跟報恩是兩回事」。

我其實有點高興她這麼說，因為我也會捨不得跟她道別。

聽說連厄德巴特先生都說要親自去當採集家還債，是在夫人制止之下，才心不甘情不願地放棄。

他的確有足夠實力當採集家，但會被制止也不意外。

畢竟他領地小歸小，也一樣是擁有領地的貴族。就算沒能力處理公務（艾莉絲小姐說的），還是不能離開家裡太久。

我現在唯一在意的事情是——

「艾莉絲小姐，妳還要繼續那樣叫我嗎？」

「……不行嗎？」

「不，也不是不行……」

自從前幾天跟艾莉絲小姐提到結婚的話題，她就改為直呼我的名字，也不知道是認真的，還是單純在鬧著我玩。

如果改這樣叫是因為要「結婚」，我是很想直接跟她說「不要這樣叫我！」，可是一看到艾莉絲小姐露出失落的眼神……

「我是不介意妳直接叫我的名字，可是我不打算跟妳結婚喔。而且妳沒有特別厭男，也不是比較喜歡女生吧？」

「是啊。只是一想起那傢伙，也真的是變得有點討厭男人了。」

艾莉絲小姐深深嘆了口氣，搖了搖頭。

我沒有詳細問她回老家的時候到底發生了什麼事，但看來是被惹得滿不開心的。凱特小姐說「要不是牽扯到錢，我們才不會讓他活著離開」時的表情也看不出半點玩笑成分，可能就算她們講得有點浮誇，對方也是真的很惱人。

「跟珊樂莎結婚比跟那種東西結婚好上一百倍——不對，這樣講太失禮了。是高興一百倍……也不對。畢竟負數乘上多少倍都還是負數。唔～」

艾莉絲小姐在稍做煩惱過後輕敲自己的掌心，直直凝視著我，說：

「嗯，我想跟珊樂莎結婚。這樣講才對！」

「妳……妳講得這麼直白，我也忍不住害臊起來了……」

艾莉絲小姐一本正經地當著我的面說出這種話，真的很帥。

幸好她是女的。

如果她是男的，我應該就墜入情網了。嗯。

「我……我是不討厭艾莉絲小姐，可是我也是個夢想遇見很有魅力的男人的少女啊。」

我是不奢求遇見「帥氣的王子」啦。

「唔唔。妳要不要不限『很有魅力的男人』，改限『很有魅力的人』就好了？」

「就算改成不限性別，艾莉絲小姐……也還差一點點才到標準！太可惜了！」

「我還有哪裡不夠好？」

「呃，其實妳基本上算很有魅力，可是……」

外表……很棒。她長得很可愛，有時候還顯得特別帥氣。

只是她偶爾有點少根筋，把加分的優點扣掉會扣分的缺點，只會勉強還是正數。還不夠讓人認為她是理想的夢中情人。

至於她的社會地位——雖然只是小貴族，也不改她是貴族繼承人的身分。

跟她結婚就能順便得到貴族地位這點，對做生意的商人來說是好事。

再說到會不會跟公婆處不來……厄德巴特先生很明顯是性格老實的騎士，感覺不會很難相處。我也偷偷聽說提到「跟我結婚會有哪些好處」的人就是厄德巴特先生的妻子，所以應該不用擔心被找麻煩。

……嗯，她的確是個不錯的結婚對象。前提是不考慮性別。

前提是不考慮性別！

這是最重要的一點。

而我有辦法搞定性別問題，也讓整件事變得更麻煩。

「總之，假如先不管性別跟結婚，只是挑選搭檔的話，我會願意挑女生，只是我就會想挑在公領域跟私領域上都能協助我的人了。」

鍊金術師業界很多女性沒有結婚。

因為女生當鍊金術師也可以賺不少錢，適婚期又通常會在其他鍊金術店裡埋頭苦練，很容易錯過結婚的黃金時間——我聽說是這樣。太慘了。

「……要怎麼樣的協助，才能讓妳覺得是好搭檔？我可以幫忙收集材料。」

「幫忙收集材料也不賴，可是既然要挑搭檔，我還是比較希望搭檔可以幫我處理我不擅長的領域。」

我真的很需要鍊金材料也可以自己去收集，不算不擅長。

雖然會浪費時間是個大問題，但反正可以用買的——應該說，一般鍊金術師主要都是用買的。去除掉鍊金術相關領域的話——

「我應該會比較想挑煮飯很好吃的人吧……？如果還會幫忙打掃、洗衣服跟做其他家事會更好。那樣我就能把心思都放在鍊金術上了。」

「煮……煮飯啊。這我就不太會了——那請會一起附贈給妳的凱特幫忙呢？她也會做家事。」

我提出的要求讓艾莉絲小姐眼神游移，隨後她輕輕把手放到旁邊的凱特小姐肩膀上，把她推到前面來。

被推出來的凱特小姐困惑地眨了眨眼，回頭對艾莉絲小姐說：

「咦？奇怪，艾莉絲，妳是認真的嗎？」

「凱特小姐嗎？是還不賴，可是找會煮飯又能幫我顧店的蘿蕾雅當搭檔，就可以一石二鳥了。」

「我……我嗎？」

我跟艾莉絲小姐完全不顧當事人的意願，說起一些莫名其妙的話。

「那個，珊樂莎小姐。我很高興妳這麼看好我，可是我沒有那方面的興趣……」

「我……我當然是開玩笑的啊。我是以適不適合當搭檔的角度來看。只是妳幫了我很多忙也是真的。」

我連忙跟稍稍退後了一點的蘿蕾雅解釋。

不過，蘿蕾雅來我這裡當店員以後的確幫我省了很多麻煩，就算不會到雷奧諾拉小姐那麼誇張，也得要小心一點才不會真的錯過適婚期。

「艾莉絲，如果店長小姐真的跟妳結婚了，她也會變成我要侍奉的君主，本來就是公私兩方面都要協助她，可是我不太想被當成附贈品。」

凱特小姐一臉困擾地對艾莉絲小姐抗議。

艾莉絲小姐聽她這麼說完先是稍做思考了一下，才像是了解到問題所在似的說：

「……那換我當附贈品也可以。只是名義上的正室只能是我。」

「重點不是這個吧！真受不了妳。店長小姐就沒有要跟妳結婚的意思啊。」

沒錯、沒錯。

妳多幫我唸她幾句吧，凱特小姐。

「妳要先想辦法讓店長小姐有意願跟妳結婚啊。」

……嗯？感覺情況好像不太對。

「嗯。妳說得有道理。用贈品勾引她的確太失禮了。」

「是啊。妳要先努力把自己鍛鍊得更有魅力才行。」

「不……不對，重點不是魅力夠不夠——」

凱特小姐這段話聽起來像是支持艾莉絲小姐跟我結婚，妳認真的嗎？

陪臣在這種時候應該要制止主子亂來吧？

雖然她們有欠我錢，可能不是我想的那麼簡單啦。

「……嗯。我好像有點太心急了。總之，先改用原本的稱呼叫妳好了，店長閣下。」

「啊，不，稱呼不是重點——」

「我會努力把自己磨練成配得上店長閣下的妻子，讓店長閣下願意跟我結婚。妳就期待我會脫胎換骨吧！」

「咦？呃……妳……妳加油……？」

其實我覺得有點不太對勁，卻還是不禁這麼回答用堅定語氣宣言的艾莉絲小姐。

被她用這麼閃亮亮的眼神看著，我很難直接說「妳用不著浪費時間」耶！

「嗯！──啊，不對，這種情況是不是該說配得上店長閣下的丈夫？凱特，妳覺得呢？」

「這個嘛，我自己是也很想看看妳穿新娘禮服的樣子，可是要店長小姐擔任新郎那一方，好像也有種說不上的奇怪。」

「但是店長閣下賺的錢應該比我多？畢竟我們領地的稅收也沒多少錢。」

「是啊。要不要乾脆妳們兩個都當新郎算了？」

「原來如此，這主意也不錯。然後新娘就是凱特了，對吧！」

「這部分我們還需要再談談……」

「嗯？怎麼？妳比較當新郎嗎？」

「我不是這個意思──」

兩人開始討論了起來。她們擅自決定這些事情，我也是有點困擾。

正當我在煩惱該怎麼辦時，突然有人把手輕輕放上了我的肩膀。

一回過頭，就看見蘿蕾雅露出很溫柔的微笑。

「妳真的很搶手呢，珊樂莎小姐。」

「蘿蕾雅，妳講得很事不關己耶。」

我用有點不滿的眼神看向蘿蕾雅。她笑著微微聳了聳肩。

「因為真的不關我的事啊。珊樂莎小姐以後大概要多顧慮一些事情了，加油喔。」

不過，她也沒辦法再繼續當局外人了。

「嗯？蘿蕾雅，妳怎麼了？——喔，我知道了。抱歉。」

「咦？妳怎麼突然跟我道歉？」

「妳一定覺得只有自己沒辦法加入話題很寂寞吧？沒關係，新娘要再多一個人也不是問題。」

「等……等一下，我只打算跟一般人一樣結婚就好——」

「妳用不著客氣。我們家族不會拘泥一些小事。只是我希望二房是凱特……」

「哎呀，我不介意自己排在第幾個。讓蘿蕾雅當二房也可以。」

「這……這樣不好吧！」

「的確。擔任陪臣的凱特排在前面會比較體面——」

「我不是這個意思……！」

我不顧開始慌張起來的蘿蕾雅，悄悄起身逃離這場風暴。

同時在心裡想著「蘿蕾雅，妳加油！」……

Episode 1

The Researcher's Visit

研究學家來訪

除了會討論到結婚話題以外，我們的生活已經完全恢復以往。新娘之類的事情在蘿蕾雅的努力之下被暫時擱置，而我今天也一樣窩在工坊裡面，繼續鑽研鍊金術。

這時，蘿蕾雅皺著眉間，探出頭說：

「珊樂莎小姐，妳現在方便抽空嗎？」

「嗯……？可以啊，怎麼了？」

習慣店裡工作的蘿蕾雅現在已經可以自行鑑定普通材料的收購價格，很少有機會需要叫我……難道是有人下訂鍊器嗎？

「其實是有個帶著雷奧諾拉小姐寫的介紹信過來的客人……」

「雷奧諾拉小姐寫的？那我得要出去見見對方了。我馬上去。」

我跟雷奧諾拉小姐是互助互惠的關係……不對，應該是我比較常受到她幫助？

總之，既然客人拿的是她寫的介紹信，就不能太失禮。

我用最快速度收拾好手邊工作，前往店裡。待在店裡的是一名左眼上有傷痕，臉上戴著眼鏡，年紀大約二十五歲左右的男子。

他身材精瘦，肌肉相當結實，長相也很端正，很有當帥哥的潛力。

不過，他偏灰的紅髮雖然有修剪，卻是亂蓬蓬的。身上穿的衣服是重視實用性，比較耐穿的類型，但有點磨損。看起來應該不是採集家——？

「讓你久等了。」

「不會不會，我才想向妳道歉，沒有說一聲就來拜訪妳。」

他沒有對不小心讓他等了一小段時間的我擺出壞臉色，露出溫和的笑容。

「你不需要道歉。那，請問你今天來找我有什麼事呢？我聽說你有帶介紹信。」

「沒錯。應該直接給妳看介紹信比較快？」

「那就麻煩借我看看那封信了。」

我接過他遞出的信，確認內容。嗯、嗯……

「你是魔物研究學家啊。你希望我們協助調查，是嗎？」

「對。我叫做諾多拉德・艾凡思——我希望妳叫我諾多就好。妳願意接受我的請求嗎？」

唔～這下有點麻煩了。畢竟是雷奧諾拉小姐介紹的，我是不吝嗇幫忙出份力，只是我很在意信上寫的這句「如果他提出很無理取鬧的要求，可以不用答應沒關係」。

「哦～原來真的有人在研究魔物啊。」

「但是人數不算多。而且我是專門研究魔物生態，像我這樣的人又更少見。」

諾多先生回答蘿蕾雅出於驚訝的一番話，並多做補充說明。

一般魔物研究的主流是研究「魔物的材料可以有哪些用途」。

所以，大多是多少有點閒錢，或是到中級左右的鍊金術師會做這種研究。

很少有人能得出成果，不過，只要能找出以往一直被當成垃圾丟掉的材料存在新用途，發現它的鍊金術師就能得到龐大利益，以及比利益更加可觀的名聲。

相對的，像諾多先生研究的魔物生態，就不怎麼有機會轉換成利益，幾乎不會有人研究這個領域。

「所以大多研究學家都是當興趣玩的有錢貴族。」

「那，諾多先生也是某個地方的貴族嘍……？」

「不不不，我是少數例外。而且我也有研究出不錯的成果。我有寫過好幾本書，妳沒聽說過嗎？」

「不好意思，我比較孤陋寡聞……」

諾多先生有些得意地勾起嘴角，觀察我的反應。我把視線撇向一旁。

「這……這樣啊——嗯，這就表示我還不夠成功。我要再更努力才行。」

他顯得有點沮喪，卻也立刻振作起來，恢復臉上的笑容。

其實講到書這種昂貴的東西，我只會一問三不知。

以前過著節儉生活的我，根本不可能自己買書。

但我好歹是鍊金術師。我比一般人更仔細調查魔物的資料，也很努力學起書上的知識，可是我學的都是跟用途有關——也就是跟材料相關的領域。

學校圖書館裡的魔物資料一樣是以材料方面為主。除非諾多先生的書有夾雜在裡面，不然他的書銷量再好，也不會被我看到。

——只不過，研究魔物生態的書再怎麼樣都不可能會大賣。

這個情形對蘿蕾雅來說，似乎也不算太難猜。

「呃，你出的書賣得很好嗎？」

「那當然！我最近出的《古萊姆提斯的生態與祕密》賣了多達二十八本喔！可說是轟動了整個業界！」

諾多先生高興地輕拍雙手，張開雙臂。蘿蕾雅看到他做出這樣的反應，就不知所措地偷偷往我瞥了一眼，而我只是微微搖了搖頭。

書的出版方式有很多種，不過，我實在不覺得寫來賺錢的書賣二十八本算多。而且他連個位數都記得這麼清楚，感覺很可能是真的很在意銷量。

就算每一本的價格都跟《鍊金術大全》一樣貴，也一定沒辦法讓花掉的研究經費回本。

「啊，就算賣了很多本，也還是沒到可以領研究經費的標準，所以我有其他主要的資金來源。還有，國家有對研究魔物這一塊設立研究費補助制度，妳們聽過嗎？」

「我是聽說過……」

明明近在咫尺，「魔物」的生態卻鮮為人知。

王國為了收集魔物資料採取的政策，就是研究經費補助制度。

可是這種制度也不是很容易讓人拿到錢。

因為只有提交寫明研究成果的論文，才能得到國家發下來的獎金。

研究學家不能事前申請研究經費，獎金的金額也是看論文內容而定，不會把消耗的研究經費列入考量。也就是說，一開始一定要用自己的資金進行研究，研究成果得到的評價太低，甚至會入不敷出。

這等於是想靠勝率很低的賭博賺錢，完全不可能靠這一行維生。這種制度目前帶來的效益，就只有讓以往貴族當作興趣研究出來的成果得以昭告天下，而不是永遠沉睡在貴族家中。

「那，諾多先生也是有錢人嗎……？」

「不，我在這方面上也是例外。我花掉的研究經費可是從來沒有入不敷出喔！」

諾多先生得意洋洋地挺胸說道。他似乎是從不怎麼花錢的研究開始做，所以每次領到的獎金都比耗掉的經費還多。

「而且，其實我在研究魔物生態的業界裡面算滿有名的。」

「感覺那個『業界』應該也沒多少人。」

「……嗯，這麼說也沒錯。因為一般人根本不會知道這個領域。」

蘿蕾雅毫不客氣的一句話讓諾多先生先是陷入短暫沉默，才心不甘情不願地表示肯定。

「可是好像連珊樂莎小姐這樣的專家都不知道耶……？」

「……嗯，這也難怪啦。要一樣是研究學家的人才會知道。」

「你說的研究學家總共有多少人——」

「能……能靠研究賺錢真的很厲害！畢竟一般研究學家做研究都會虧錢！」

「對……對吧？有很多研究論文提交出去，甚至換不到半個銅幣。」

就算是對這個領域不熟的我，也知道研究學家的人數非常少。

可是他也算是我的客人。所以我決定打斷蘿蕾雅毫不留情的深究，轉移話題。諾多先生也露出一臉找到救兵的神情回答我。

「我想也是。但是，你為什麼會研究古萊姆提斯這種超鮮為人知的魔物……？」

一般人甚至不知道古萊姆提斯的名字，即使知道，也不會對牠有多大興趣。牠鮮為人知的程度誇張到連牠的材料在鍊金術上都沒多少用途，還很難馬上想到。

不知道諾多先生這份研究能領到獎金是因為研究經費補助制度的審查標準很低，還是諾多先生的論文真的寫得很好。

不過，他還是找個更普遍一點……不對，找個大家都知道名字，但是生態仍不為人知的魔物來研究比較好吧？

「嗯，審查委員會也是這麼跟我說。所以我這次決定研究比較多人知道的魔物。」

果然！要是沒有提醒他這一點，我覺得那個審查委員就該被開除了。

如果他的論文有提到古萊姆提斯材料的新用途可能還好，可是負責審查的人員看他提出這種魔物的生態調查報告，應該也很為難吧？尤其古萊姆提斯只要去棲息地就能輕鬆抓到。

「這樣的確比較好。你這次要研究什麼魔物？」

我一問完，諾多先生先是勾起嘴角一笑，才緩緩道出研究對象的名字。

「火蜥蜴。我這次的研究主題是火蜥蜴。」

「……什麼？你說火蜥蜴，是嗎？」

「嗯。我記得這附近有火蜥蜴的棲息地吧？」

「有是有，但是已經沒有火蜥蜴了喔。因為牠早就被我們打死，肢解成各種材料了。」

我把火蜥蜴的材料賣掉，也一定會讓存在火蜥蜴的消息外傳，可是反過來說，也等於聽到消息的人應該會知道火蜥蜴已經死了。根本不可能調查牠的生態。

還是說，諾多先生是想跟我討材料？

我狐疑地皺起眉頭，諾多先生隨即揮了揮手，說：

「喔，這妳不用擔心。我已經在其他棲息地做完一些調查了。我是想多調查火蜥蜴住的洞窟，讓我的調查報告更完整。」

「是嗎？那，你應該在先前去過的棲息地繼續研究就好了吧……？」

我的言外之意是「為什麼要特地找別的地方研究」。諾多先生露出尷尬笑容，抓了抓頭。

「呃，其實是我找來的那些護衛受了傷。我本來打算找其他人來頂替，可是那附近沒有人願意當我的護衛。」

……這不就表示有什麼讓人不想接這份工作的問題嗎？

假如是很吸引人的工作，應該會有人願意當他的護衛。

介紹信裡那一句「如果他提出很無理取鬧的要求，可以不用答應沒關係」忽然掠過我的腦海。

「我之前有付酬勞，我想金額也值得他們接這份工作了。可是，妳應該也知道去火蜥蜴的棲息地還需要準備特別的裝備，對吧？而且我也不至於有錢到可以負擔所有裝備的花費。」

「這……的確。」

沒有防熱鍊器的話，人類根本無法靠近火蜥蜴的棲息地。

就算給的日薪還算不錯，也很難再湊一套新的防熱裝備。

「再加上我只是要仔細調查棲息地，沒有火蜥蜴會比較方便我調查。只是火蜥蜴也不是那麼容易打倒的魔物——」

「所以才會來找我吧。因為這附近的火蜥蜴已經死了，打倒火蜥蜴的我也一定早就有需要的防熱裝備。」

「沒錯。不過，我也知道經營鍊金術店的妳不方便離開。所以我希望妳介紹妳帶去的幫手給我。當時幫妳的採集家應該在這裡吧？」

我沒有跟雷奧諾拉小姐提及打倒火蜥蜴的詳情，但是照常識來想，一定會認為我有其他幫手跟著，不可能一個人去面對火蜥蜴。

而他也一定會認為我找的幫手是這個村子裡的採集家。

「……我知道了。我只幫你聯絡，她們願不願意擔任你的護衛，就得看當事人的意願了。我不會幫你說服她們，可以嗎？」

就算沒有火蜥蜴，那附近也絕對稱不上安全。

因為除了熔岩蜥蜴以外，地獄焰灰熊也不是不可能回去棲息地，我其實不太希望艾莉絲小姐她們過去。

不過，我現在拒絕他的話，他還是能查出當初幫我的就是艾莉絲小姐她們。

那我不如一起聽他解釋詳細委託內容還比較好。

「當然可以。畢竟這方面的交涉也是研究學家必備的技能。」

諾多先生以充滿自信的笑容答應我的條件，反倒讓我感覺到些許不安。

諾多先生離開之後，我透過共音箱聯絡雷奧諾拉小姐，她再次強調「不用勉強完成諾多先生的委託」，同時跟我解釋「諾多先生是個在做研究的時候會太忘我的人，無法接受他的委託可以直接拒絕；又或是他做出什麼奇怪舉動，也可以動手制裁他」。

這下我就放心了——不對，誰敢放心啊！

雷奧諾拉小姐說的話讓我更加不安，只覺得這件事一定會變得很麻煩。

其實不用雷奧諾拉小姐告訴我，我也感覺得出諾多先生是這種人。不過，她說我可以「制裁」諾多先生，是要怎麼制裁……難道是用拳頭？是拳頭嗎？

我老實把這些事情也全部告訴回來我家的艾莉絲小姐跟凱特小姐。

「魔物的生態是嗎？原來有人在研究這個啊。」

「我也是第一次聽說。店長小姐覺得他這個人怎麼樣？」

「這個嘛……應該說他就某方面來說，是很典型的研究學家吧。」

會把研究放在第一順位，對研究的熱情也比一般人強烈許多，相對的不怎麼在乎研究以外的事情，不會在意自己的髮型跟穿著很隨便，或是很土。

鍊金術師培育學校也有一些教授跟教師是這種類型的人。

只是畢竟是在學校，沒有人會渾身髒兮兮的。

……嗯？說我沒資格講別人嗎？

不不不，我外出的時候還是會很注意儀容——我自己覺得有注意啦。

我也只是直接穿著前輩幫我挑的上衣跟裙子而已。

因為我的穿衣品味跟衣服的種類根本不夠我隨意穿搭啊！

「看來只能跟他見一面看看了。我們要拒絕也沒關係，對吧？」

「那當然。妳們覺得不能接受的話，就直接拒絕吧。」

雖然對方是雷奧諾拉小姐介紹的，可是我比較重視艾莉絲小姐她們的生命安全。

◇　◇　◇

最近我店裡新增了會客室。

但也只是把店面區域後面的倉庫改裝一下而已，沒有多蓋新房間。

反正大多數客人要談事情，在櫃檯前面的桌子就能談完了。

我沒辦法狠下心砸大錢在沒什麼機會用到的會客室上。

所以，今天用到這個房間的諾多先生，就是第一個來會客室的客人。

「幸會，我叫做諾多。兩位就是打倒火蜥蜴的幫手吧？」

面對面向兩人自我介紹的諾多先生，穿著跟昨天差不了多少。是不至於不乾淨，可是他的頭髮還是一樣亂蓬蓬的，衣服也一樣有點磨損。

「我是艾莉絲。我話先說在前頭，我們只是跟著店長閣下去一趟而已。」

「我叫凱特。我們對打倒火蜥蜴幾乎沒有貢獻，還請別誤會了。」

兩人先行強調最好不要太過期待她們的實力。諾多先生搖搖頭，表示沒有問題。

「我想委託妳們在我調查的時候幫忙注意周遭情況。而且我自己也有鍛鍊肌肉。兩位應該有足夠實力打倒路上的魔物吧？不然就麻煩了。」

「只要不是成群結隊的魔物，應該就沒問題……不過，你真的需要護衛嗎？我看你身體鍛鍊得滿結實的……」

「哦，妳看得出來啊？」

艾莉絲小姐的打量視線讓諾多先生臉上浮現高興的笑容，接著雙手使力，「哼！」地一聲，擠出他手臂上的肌肉。

他的肌肉的確很結實——可是看了很煩，拜託快把手放下。

因為我不是肌肉愛好者。

不知道是我的願望成真了，還是諾多先生想起了一般常識，他立刻放鬆力道，搖搖頭說：

「可是，戰鬥技巧就是另一回事了。我比較有自信的是逃跑的技巧跟耐力。而且我沒辦法一邊注意周遭有沒有危險，一邊仔細調查。」

「原來如此，有道理。」

專心調查的時候，實在很難避免疏於注意周遭。

即使逃跑技巧再好，也要先在被攻擊到的那一瞬間之前注意到異狀。

所以，應該光是附近有一兩個人幫忙戒備，就能放心不少。

「嗯，既然只需要幫忙注意周遭情況……那就要看你願意給多少酬勞，再決定要不要答應你的委託了。」

「這個嘛，我是出不了太多錢，但兩個人的話……」

諾多先生手抵著下巴，陷入深思。調查跟打倒魔物不一樣，拿不到可以賣的材料，能付多少酬勞全看諾多先生的財力——

「嗯，我知道了，妳們離開村子到回來這裡之前，一人一天二十枚金幣怎麼樣？」

「這委託我接了！」

「咦？艾莉絲？」

艾莉絲小姐立刻答應接受委託，讓凱特小姐訝異得睜大了雙眼。

不過，諾多先生給的價碼真的很高，我也不是不能理解她為什麼會馬上答應。

不用說鄉下地方跟首都以外的地方，連王都的庶民工作整整一個月，都很難賺到二十枚金幣。

而採集家賺的錢即使會比王都庶民還多，卻也只有少部分優秀採集家才能幾乎天天賺到二十枚金幣。雖然艾莉絲小姐她們在大量獵捕冰牙蝙蝠那時候也是一天賺差不多這麼多錢，但是那是例外。

在無人獵捕之下繁殖到異常大量的冰牙蝙蝠、我的魔法、比平常更高的收購價——是湊齊了這三種特殊條件，才能賺大錢。

也就是說，諾多先生給的價碼就是高到這種程度。一般人不會花這麼多錢請護衛。要不是他帶著雷奧諾拉小姐的介紹信過來，我早就因為他太可疑，把他趕出去了。

「那個，諾多先生，你出這麼多錢不會影響到生活嗎？」

「嗯，應該勉強還能過活？畢竟我們要去真的很危險的地方，不多給點錢不行。只是需要的裝備跟食物就要請兩位自己準備了。」

原來如此。還要自備防熱裝備的話，這個價格應該算合理？

「不過，萬一這次的論文沒有通過審查，我就要先找別的工作存錢，才能繼續做下一個研究了。哈哈哈！」

一問之下，才知道他似乎把至今存起來的獎金跟賣書賺的錢（金額好像非常少）拿來當這次調查的經費了。

可是，他在上一個調查地點應該也是給一樣的價碼——

「原來研究可以拿到的獎金還滿多的嘛。」

「前提是提出的論文能通過審查。如果只是想要獎金就借錢來做研究，沒有成功拿到獎金就會直接毀了人生，所以也不是說想拿就拿得到。」

「我想也是……」

這個國家不允許奴隸存在，同時也沒有溫和到可以輕鬆逃過債務。

萬一還不出錢，國家至少會半強迫地要債務人做需要大量勞力的工作。

除非違法，不然債務人都會無法選擇自己想做的工作，而且年輕女性大多會被指派去妓院，甚至有需要的話，連男性也得進去。據說債務金額太大，還可能被派去有點遊走違法邊緣的地方工作。

實際上，也有不少曾待過孤兒院的人因為欠債搞得人生一團亂。

債務真的是非常恐怖的東西！

「那，諾多先生會有可能因為這次研究，弄到要去借錢嗎？」

「別擔心。我會把花費抑制在就算失敗了，也不會一無所有的程度。」

那樣說得上是「抑制」嗎？

「所以，怎麼樣？妳們願意接下委託嗎？」

「我的答案不變，還是想接下這份委託。凱特妳呢？」

「這個嘛……店長小姐，妳覺得風險是高還是低？」

「──我認為危險性偏低。以我們上次去的情況來看，那裡應該不會有地獄焰灰熊，去程跟回程路上大概也不會遇到危險的魔物。」

我在稍做思考之後這麼回答，凱特小姐雙手環胸，開始沉思。

不久，她緩緩點頭，說：

「好，我也同意接這份委託。我想早點把欠店長小姐的錢還完。」

「我不會逼妳們早點還清……但我也很歡迎妳們提早還。」

像洛采家那樣領地裡有農村的貴族，會在秋天收成過後拿到稅收。

領民大多會用農作物來繳稅，領主會選擇直接把農作物儲存起來，或是把其中一部分賣掉，換成現金。

而收成過後也同時是賣價最低的時期。

他們家想要還債，就非賣不可。不過，他們現在的債權人是我。

我有事先表示「請等到適當的時機再換成現金還債」，所以我還沒收到要還我的錢。

反正沒有馬上還，對我也沒什麼影響……除了艾莉絲小姐有點死纏爛打的示好以外。

「那麼，諾多。我們就正式接下你這份委託了。」

「謝謝妳們！啊～真是太好了——我在之前那裡說要出這麼多錢，都沒人願意接。」

「……嗯？」

笑著跟她們握手的諾多先生小聲說出了一句讓人覺得不太對勁的話。

但我還來不及問這句話是什麼意思，他就迅速站起身。

「那，我們馬上出發吧！」

「——什麼？等一下，我們需要時間做準備。諾多你應該也是吧？」

有一瞬間愣住的艾莉絲小姐這麼一問，諾多先生就自豪地勾起其中一邊嘴角。

「呵。研究學家會隨身攜帶足夠的儲備糧食，方便隨時隨地開始做研究！……啊，不過，這次應該要準備帳篷？而且——我應該不能跟妳們睡同一個帳篷。」

「上一次我找的是男護衛，才可以跟他們睡同個帳篷……珊樂莎，既然妳是開鍊金術店的，那應該有賣帳篷吧？」

諾多先生看凱特小姐搖搖頭之後，將視線轉移到我身上。

「嗯，我這裡有賣飄浮帳篷。只是我要接到訂單才會開始做，會需要等一段時間。如果你願意額外付急件的費用，也可以早點交貨。」

做帳篷最耗時的是縫皮革的工程。

這部分我現在都交給村子裡的阿姨們幫忙，是比我自己一個人製作快上很多，可是還是很難在幾天內做好。因為阿姨們也有自己既有的工作安排，我自己也沒時間整天只顧著一針一針縫帳篷的皮革。

不過，我有個好東西可以一次解決這些問題！

那就是皮革專用的強力膠「黏革靈」！

……嗯，這名字很奇怪吧。但是它的效果非常驚人。

只要在皮革上面抹一點點，再跟其他皮革貼在一起等它乾掉，就會徹底融合成一張皮革。不只是單純接合起來，而是真的合為一體。

完全不會有接合的縫隙，也不會脫落。

黏得夠工整，就可以讓它看起來完全不像是好幾張皮革融合起來的，所以連形狀複雜的皮革製品都能做到看不出任何接縫。

唯一的缺點，應該就是它的價格了吧？

要是把黏革靈用在便宜的日用品上，光是它的成本就會讓價格翻好幾倍。

用在像飄浮帳篷這種原本就很貴，還要花很多時間縫皮革的商品就會相對只占一部分成本，卻也絕對不算便宜。

至少這個村子的採集家一定會選擇手工縫製的價格。

「用最快速度做一個人用的帳篷要多少錢？——好，沒問題。幾天會做好？」

我給出一個不知道諾多先生買不買得起的價格，而他也爽快答應用這個價格買下帳篷。

我一邊驚訝他竟然買得起，一邊在腦袋裡整理自己的活動日程。

如果把其他工作都先擺一邊，只專心做帳篷，是可以在三天之內做好……

「應該……五天吧。你可以再考慮看看。」

我考慮到需要做其他事情，多加了兩天。諾多先生依然迅速表示同意。

「等五天應該沒問題。我是很想早點去調查，但我願意等。」

「可以嗎？」

「嗯。其實我是第一次來大樹海。我會在該帶的東西都準備好之前，先到這個村子附近逛逛。搞不好逛著逛著就找到下一個研究主題了！」

真不愧是研究學家，連閒著沒事做的時間都能這樣利用。

這很可能就是他能成功的祕訣，可是應該也會帶給周遭人不少困擾。

「那，我平常都會待在旅店裡面，有什麼事直接來找我就好。啊，我是住新建的旅店。那間旅店滿不錯的。在這個村子裡有那麼好的旅店，反而很突兀呢。」

我們聽到諾多先生直截了當地說出很失禮的一段話，都不禁露出了苦笑。

「哈哈哈……因為那裡才剛蓋好而已。」

「你現在才來這裡是好事。沒多久之前旅店可是擠得跟地獄一樣。」

「不然就得忍著點，露宿街頭了。」

「我可不想露宿街頭。我是不怕為了研究吃苦，但待在聚落裡面的時候，還是會想找個地方好好休息。」

冰牙蝙蝠牙齒帶來的泡沫經濟破裂之後，待在這個村子裡的採集家也變少了。

不過，離開村子的採集家意外不多，導致新蓋的旅店依然很多人去住，所以狄拉露女士還新蓋旅店的錢也還得很順利。

安德烈先生說是「這裡本來就很適合當採集家活動的據點，再加上現在很多人知道這裡有間值得信賴的鍊金術店」。

意思是能有穩定收入，也有舒適的居住環境，大家會選擇留在村子裡也不奇怪，是嗎？

問題在於這個村子裡的娛樂很少，只是我也提供不了解決方法。

畢竟也沒辦法在這裡蓋一個娛樂區，就請大家適時去南斯托拉格玩一玩嘍。

尤其村子裡有娛樂區的話，也會給還沒成年的蘿蕾雅不好的影響，對吧？

◇　◇　◇

「我們接下了這次的護衛工作，不過……應該不會有問題吧？店長小姐。」

「嗯，我覺得不會有問題——應該說，一般是不會有問題。」

艾莉絲小姐她們好像從來沒接過擔任護衛的工作。

這也難怪，因為幾乎不會有人僱用採集家當護衛。

一般道路上的護送不需要非找採集家不可，真要僱的話，也只有需要進去大樹海這種只有採集家能進去的地方才會僱。

而一般人不可能需要進去大樹海。

這麼說來，我記得鍊金術師培育學校當時實習課派來的護衛就是採集家，可是也只有活動範圍在王都附近的極少數採集家有機會接到這種工作。

「『一般』不會有問題？珊樂莎小姐，這份工作有什麼問題嗎？」

「對方可是研究學家（怪人）耶，還是要多提防一點。」

假如只是想要僱用護送他穿過森林的護衛，倒還不需要擔心。

假如是有錢人閒著想親眼看看火蜥蜴的棲息地，是會有點擔心，但還算好的。因為那樣的人就算會偶爾耍點任性，也還是會以安全為第一考量。

可是對方是研究學家。這種人很可能會為了完成自己的研究，不惜把安全放在第二順位。

而且行動模式有時候會比外行人更難預測。

「研究學家（怪人）……鍊金術師就某方面來說，不也是同類嗎？」

「所以我才更清楚這種人的危險性。我們很難預測研究學家會為了研究做出什麼怪事。」

若只是單純去一趟火蜥蜴棲息地就回來，其實沒什麼危險性。

但一加上研究學家這個變數，就很難說了。

危險性一定會變高。就像蘿蕾雅看到甜點一定會衝過來搶著吃一樣，是百分之百會發生的事情。

「那意思就是也沒有很危險嘍？」

「──那樣的確是滿危險的。」

「嗯。尤其他是真的有藉著研究成果領到獎金，反而很可疑。假如他做的事情跟一般人沒兩樣，論文根本不可能通過審查。」

「我……我不是貪吃鬼……」

艾莉絲小姐不顧蘿蕾雅正在不斷揮舞雙手表示抗議，直接說：

「我們是不是應該拒絕他比較好？」

「不，我真的覺得危險的話，就會制止妳們了。我是不保證絕對不會有危險，但我會準備一些用來以防萬一的措施，到時候說不定真的遇到危險，也能順利度過難關。」

「以防萬一的措施？難道店長小姐也要一起來嗎？」

「這就不可能了。我還要顧我的店。」

我舉手擋住凱特小姐滿懷期待的視線，否定她的提問。

如果這次情況跟上次類似，我還有可能插手幫忙，可是艾莉絲小姐她們也是採集家。

我希望她們多少可以靠自己克服困難，不能總是依賴我。

「不過，我會提供一些鍊金術師獨有的工具給妳們。」

「喔喔！難不成是什麼很厲害的鍊器嗎？」

艾莉絲小姐將身子向前傾，激動追問。我用食指抵著嘴唇稍稍思考過後，才點了點頭。

「它比較特別一點，但要說是鍊器也沒錯。妳們知道什麼是鍊金生物嗎？」

「嗯，我們聽過名字。詳情就不知道了。」

「我是第一次聽說。珊樂莎小姐，鍊金生物是什麼？」

「它有好幾種類型，我這次要做的——簡單來說，應該是像使魔一樣吧？我的感官可以在一定限制下跟鍊金生物同步，就算待在店裡，也可以知道妳們那邊的情況。」

「這麼神奇？那是不是也需要像共音箱那樣的鍊器……？」

「雖然共音箱看起來很難用——可是只是要對話的話，其實共音箱會更方便。」

其實單純就是以消耗相同魔力來說，共音箱傳遞聲音的範圍，會比跟鍊金生物同步感官的範圍大非常多。

連一般認為很耗魔力很難用的共音箱，都會顯得比較好用。

再加上鍊金生物需要製作者定期直接供應魔力，才不會壞掉。

雖然有方法延後需要供應魔力的時間，可是它的運用成本非常高，很難一直把它留在遠方。基本上只會讓它在鍊金術師身邊活動。

「而且製作鍊金生物的工程也很麻煩。」

帳篷請蘿蕾雅她們幫忙，再用上黏革靈的話……應該一天可以做好？加上中間要等黏革靈乾掉的時間，差不多是三天。

我有足夠時間再多做鍊金生物。

「還有，除了鍊金生物之外，我還會再做一組叫『共鳴石』的東西。」

共鳴石這種鍊器是兩顆一組的石頭，打碎其中一顆，另外一顆也會跟著碎掉，發出聲音。

它只能用一次，也不能像共音箱那樣跟另一端對話，但是沒有魔力的人也能用，效力範圍也非常廣。

「『共鳴』範圍的大小得看製作者的功力跟灌多少魔力進去，如果只是從這裡到火蜥蜴棲息地的距離，我做的共鳴石應該就夠用了。」

「所以，萬一真的出事，我們直接打碎那顆石頭就好了嗎？」

「對。我會用鍊金生物確認妳們的狀況。只是幫不幫得了妳們，就得看情形了。」

「我想也是……店長閣下，要是到時候妳真的幫不了我們，妳也不用放在心上。能幫我們轉達遺言給爸爸他們就夠了。」

蘿蕾雅一聽到這句話就迅速站起身，她的動作讓椅子也發出了碰撞聲響。

「咦？妳……妳們要去那麼危險的地方嗎？」

「蘿蕾雅，我們不是一定會出事，別擔心。我其實從離開家，出來當採集家的那一刻起，就一直沒有忘記自己隨時可能意外喪命。而且我現在還能活著待在這裡，也只不過是因為當初幸運遇到店長閣下相助。」

艾莉絲小姐把手放上嘴唇顫抖的蘿蕾雅肩膀，要她慢慢坐回椅子上。凱特小姐也溫柔撫摸著她的背。

「是啊。要不是有店長小姐在，艾莉絲那時候早就沒命了。再說，我們當初離家就先跟家人告別過了，沒有留遺言給他們也無所謂。」

「嗯。頂多是能留幾句話給他們也不錯而已。」

「這……這樣太悲傷了……」

蘿蕾雅或許是重新感受到採集家這個職業的危險性，變得面色鐵青。凱特小姐看她這樣，就笑著聳了聳肩，想改變氣氛。

「只是我們後來又回家好幾次，其實也是有點小尷尬啦。又不能每次都痛哭流涕地上演離別戲碼。」

「嗯。畢竟我們都講過遺言了，還是會像沒事人一樣說著『我回來了～』走進家門。」

不知道蘿蕾雅是不是想像了她們說的場面，表情稍微沒有那麼緊張了。

「妳用不著這麼擔心，她們應該不容易遇到危險。我會想準備鍊金生物，也只是要以防萬一。而且上一次去打倒火蜥蜴還比這次危險多了……」

「或許是比較沒有那麼危險沒錯……可是，上次是因為有珊樂莎小姐在，才沒有很擔心。畢竟妳連那麼大隻的地獄焰灰熊都能輕鬆打倒。」

喔，原來如此。

大概是因為蘿蕾雅沒有親眼看過火蜥蜴，才會對牠的危險性沒有概念。

「店長閣下打倒過很多強敵，也難怪蘿蕾雅會不怎麼擔心。」

「我覺得不能拿火蜥蜴跟地獄焰灰熊來比……」

「這兩種魔物在一般人眼中都很強。應該是這個意思吧？」

「唔唔唔……這樣啊。嗯，好吧。」

這個話題聊太久也只會讓蘿蕾雅很不安，還是回到正題吧。

「妳們萬一真的需要求助，直接打碎共鳴石就好。說不定我到時候沒辦法親自出手幫忙，但至少可以提供建議。」

「不用鍊金生物定期確認狀況，是因為魔力的問題嗎？」

「嗯。距離這麼遠，要跟鍊金生物同步的難度會很高。而且我平常工作也會用到魔力。」

我還沒做過鍊金生物，只有聽說光是距離好幾百公尺，消耗的魔力量就會變得非常誇張。

我打算透過限制同步的感官來節省魔力，可是應該還是很難頻繁確認她們的現況。

「不過，如果我連鍊金生物都做不出來，剛才說的就都是紙上談兵了。其實本來要花很大一筆錢，幸好我可以湊出足夠材料來用，就趁這次機會來試試看吧。」

只有蘊含強大魔力的材料是真正一定要用到，又不能用其他東西代替。

而我可以用的材料是火蜥蜴的鱗片跟狂襲狀態的地獄焰灰熊眼球。

雖然屬性會比較偏向「火」，但反正可以用冰牙蝙蝠的牙齒來調整，再加上火屬性比較適合她們要去的地方，多少偏火也無妨。

把這些超昂貴材料留下來的我真是太有先見之明了！

「有點特別的是它需要用到頭髮。需要用到我跟另一個人的……」

順帶一提，血液也可以用清純少女不太容易弄到的「男性的某種東西」來代替。

尤其後者會讓鍊製難度大幅降低。

可是弄到它的難度非常高。

反正血液跟頭髮差不了多少，我不會考慮用那個「某種東西」。畢竟我可是清純的少女。

「珊樂莎小姐，用我的也可以嗎？我不介意剪掉一點點。」

「謝謝妳。我只要幾根頭髮就夠了，妳拿梳頭髮的時候掉的幾根給我也可以。」

「好——不過，這就表示那個生物會是用我跟珊樂莎小姐的頭髮做出來的吧？感覺好像我們兩個的小孩一樣。」

蘿蕾雅用有點淘氣的笑容這麼一說，艾莉絲小姐就吊起眉梢，把她長著一頭光亮秀髮的頭靠了過來。

「什麼？那可不行。店長閣下，我可以提供自己的頭髮！來吧！」

「艾莉絲……妳用不著拘泥這種小事吧。」

「不，凱特，有些大事的起因就是這種微不足道的小事。時時刻刻都不能大意。」

「妳說大意也太誇張了……蘿蕾雅又不會是妳的競爭對手。對吧？」

「對啊……應該吧？」

艾莉絲小姐看蘿蕾雅的肯定帶著些許不確定，立刻睜大雙眼說：

「妳看！太危險了，凱特！我要堅守正室的位子，才不會害洛采家吃虧！」

「咦！蘿蕾雅妳該不會真的對店長小姐有意思吧？」

蘿蕾雅在兩人的銳利視線下搖頭否認。

「啊，沒有，我不是想跟珊樂莎小姐結婚，只是如果她結婚之後把店收掉，會影響到我的工作。」

「喔，說得也是。畢竟能不能在鍊金術師的店裡工作，會影響到妳的人生。」

「原來如此，妳比較困擾工作的問題啊。也對，妳的薪水跟一般人差很多，尤其又是在這種小村子裡面。不過別擔心，蘿蕾雅，我的陪臣很優秀。店長閣下不用處理領主事務也沒關係。」

「嗯，是啊。店長小姐繼續開鍊金術店，對大家的好處還比當領主多。」

「這樣啊。那看來我也不需要擔心我的將來了。」

「嗯。等妳變成店長閣下的配偶之一，就更不需要擔心了。」

艾莉絲小姐微笑著把手放到鬆了口氣的蘿蕾雅肩膀上。

……奇怪？前幾天聊到結婚的時候，不是已經在蘿蕾雅的努力之下先被擱置了嗎？

感覺我不出手干涉的話，蘿蕾雅防波堤就要潰堤了耶。

總覺得好像需要盡快修補防波堤耶。

「那……那個！頭髮用我跟蘿蕾雅的就好了，沒問題吧？」

「嗯？喔，對，剛剛是在講要用到的頭髮嘛。對了，為什麼會需要用到頭髮？」

「這個嘛。鍊金生物平常活動的時候會有自我意識，據說頭髮會影響它活動時的個性跟行動模式。」

用活潑的人的頭髮，就會做出個性活潑的鍊金生物；如果用的是很安靜又比較消極的人的頭髮，就會一樣安靜又消極。

有一說是連外表也會受到用上的頭髮影響，但是基本外觀會依據施術者的想像來決定，而且我要做的不是人型鍊金生物，照理說幾乎不會有影響。

「——假如同時加進很多人的頭髮呢？」

「應該會變成很普通的個性。雖然說是變得沒特色也沒錯，只是也同時變得不會有太過強烈的性格特徵，說不定反而比較讓人放心。」

「那就用我們所有人的頭髮吧。只用艾莉絲的頭髮萬一做出很魯莽的鍊金生物，也只會幫倒忙。」

「妳講得太狠了吧！我……我有很魯莽嗎？」

「妳明明是騎士爵家族的繼承人，卻想要當可能會有生命危險的採集家，這樣還不夠魯莽嗎？」

「唔！」

凱特小姐微笑說出的這番話，讓艾莉絲小姐啞口無言。

不過，凱特小姐說得有道理。就算只是小貴族，一般也不會允許繼承人出外從事危險的工作。也就是說，她的確稱得上魯莽。

允許她做危險工作的厄德巴特先生其實也是半斤八兩。

「哈哈哈……那就麻煩妳們三個提供頭髮了。再來就只需要豆子、一點點鹽巴跟生鏽的釘子這些比較好弄到的東西，很快就可以開始做了。」

「豆子？鹽巴？這……要用到的材料還真奇怪。有點像要煮菜一樣。」

「唔～鍊金術跟煮菜其實意外的很像喔。我平常用的植物葉子跟礦石碎片也跟調味料差不多。」

她們大概是覺得豆子跟鹽巴會給人出現在廚房裡的印象，才會這麼想，而鍊金術的材料也的確有不少是可以食用的。

應該說，用來治療疾病跟傷口的鍊藥大多可以當內服藥，不會加不能吃的材料進去。只是好不好吃又是另一個問題了。

「而且之前要妳們採的腐果蜂蜂蜜也是這樣，它可以當作鍊金術材料，也可以在去掉毒素之後拿來食用。」

「「唔！」」

我不禁脫口而出的一句話或許是讓艾莉絲小姐跟凱特小姐想起了當時的糗態，同時皺起了眉頭。

這麼說來，那些蜂蜜我收購下來之後，到現在都還放在倉庫裡。

因為那種蜂蜜很好吃，鍊金術方面的用途也很多，一直覺得賣掉它很可惜。

「店……店長閣下，可以麻煩妳不要想起那個蜂蜜嗎……我還沒出嫁。」

「哎呀，不要想起這種蜂蜜比較好嗎？可是它很好吃耶。」

這種蜂蜜不會腐壞，要我一陣子不想到它也沒關係，只是我也不能真的永遠不想起它的存在。留一些拿來當鍊製材料，其他的看要賣掉，還是我們自己吃……

賣掉是有點可惜，可是會讓艾莉絲小姐她們心情很複雜的話，或許還是不要留著給大家吃，直接賣掉比較好？

「我自己是想吃一半看看啦……」

「店……店長閣下這麼一說……我也開始煩惱該不該吃吃看了。」

「那個蜂蜜真的很好吃——只是吃完以後簡直像置身地獄。」

凱特小姐似乎是想起了蜂蜜的味道，神情顯得很陶醉，卻又馬上變得一臉凝重。

「我就不吃了……珊樂莎小姐，那種蜂蜜是真的很貴嗎？」

「是啊。它比一般蜂蜜貴上很多。因為它不只可以吃，還可以當鍊金術的材料。」

以前的我連一般蜂蜜都會覺得是高級貨，就像是高不可攀的花朵。

這也是為什麼我會知道蜂蜜吃起來是什麼味道。

……不過，師父叫我過去她那裡吃飯的時候，也會看到蜂蜜料理。

「以前瑪莉亞小姐曾用腐果蜂的蜂蠟跟蜂蜜做一種叫做卡納蕾的點心，那個真的好好吃。表面很酥脆，裡面則是有種很濃醇的甜味……」

「（吞口水……）真的有那麼好吃嗎？」

「嗯。其實一般蜂蜜就很好吃了，可是加了含有一點點酒精的腐果蜂蜂蜜，就會變得特別好吃。」

老實說，那是我有生以來第一次吃到那麼好吃的點心。

大概是因為瑪莉亞小姐的手藝非凡，再加上又用了腐果蜂蜂蜜吧。

不過，也本來就不可能不好吃。尤其蜂蜜不便宜，那個卡納蕾一定是超高級的點心。

以我現在的經濟能力是可能考慮買來吃，但是當初的我絕對不可能願意買那麼貴的東西。

而現在我正好有那種好吃的蜂蜜……不知道瑪莉亞小姐給我的書裡有沒有收錄那道食譜？

「我……我想吃吃看！」

「可是，這種蜂蜜會讓艾莉絲小姐她們心情很複雜——」

「呃～店長閣下。」

「怎麼了嗎？艾莉絲小姐。」

「我認為我們有辦法克服那段痛苦的回憶。對吧？凱特。」

「嗯，是啊。不如說，我們應該用美好的回憶蓋過當時的痛苦。所以我們想挑戰看看，可以嗎？」

簡單來說，就是妳們也想吃卡納蕾吧。

看表情就知道她們兩個在想什麼了，可是她們又立刻垂下眉角，似乎是覺得過意不去。

「啊，如果太花錢不方便做來吃，就算了……」

「不會不會，妳們不用擔心錢的問題。反正我現在有閒錢可以奢侈一下。」

多少吃得豪華一點來犒賞先前的一番努力，應該也不至於影響生活。

「呵呵。好。那麼，我就留一半起來給大家吃吧。」

看她們三個聽到我這麼一說，表情就瞬間充滿期待的模樣，讓我不禁又輕輕笑了出聲。

「好了。先從鍊金生物開始做。」

我決定好大致上的方向之後，便立刻著手準備製造需要的東西。

這次要做的東西當中製作時間最長的，非鍊金生物莫屬。

共鳴石跟飄浮帳篷還可以靠趕工快速做完，然而鍊金生物一定要花一段時間培養，沒有任何快速完工的方法。

「這次做的尺寸應該三天就能做好了，可是……」

我是第一次做鍊金生物，其實有點擔心。

萬一失敗了，造成的傷害會非常可觀——主要是對我的錢包的傷害。

「應該乖乖照步驟做，就不會失敗了吧？」

我再次仔細看過《鍊金術大全》裡的製作步驟，開始準備鍊金爐。

這次用的鍊金爐尺寸跟單手拿得動的鍋子差不多大。我把火蜥蜴的鱗片、地獄焰灰熊的眼珠，還有好幾根比較大的冰牙蝙蝠牙齒放進爐裡，再加進少許的魔晶石跟水。

一邊持續灌注魔力，一邊攪拌了幾分鐘之後，原本在裡面發出碰撞聲響的堅硬材料就逐漸失去原形，變成紅色的黏稠液體。

「目前為止都很順利。再加進其他材料……」

我加了不少放在工坊櫃子裡面的材料進去。等攪拌到這些材料都融化成液體，再放入從廚房拿來的豆子、鹽巴跟從生鏽釘子上刮下來的碎屑。

「然後一直煮到看不到它們的原形。」

現在這一鍋液體看起來還只像是用很藝術的方式煮壞掉的豆子濃湯。

不過，我用的是鍊金爐。有點耐心繼續攪拌下去，豆子也很快就融化了，而原本混濁的紅色液體也漸漸變得透明。

「等全部消失了再移到培養槽裡面，用井水稀釋。」

高三十公分的圓筒型玻璃培養槽裝滿了淡粉紅色的液體。

「接著再放進我跟她們三個的頭髮。」

手一放開，頭髮就在飄進液體裡的瞬間融化殆盡。

這種液體明顯有危險性吧？

我當然有戴手套，但還是有點怕。

「蓋上蓋子避免它溢出來，最後再全神貫注地灌輸魔力進去！」

我用手摸著培養槽的側面，把剩下的魔力灌進去。

聽說這時候灌注愈多魔力，做出來的鍊金生物品質就愈好。

我的魔力在製作過程中有消耗掉一些，所以不是全滿，不過這就是我多到不行的魔力派上用場的時候了！

不斷注入魔力一段時間之後，液體開始散發淡淡光芒，照亮了我的臉。

雖然加入的魔力愈多愈好，但用上的材料會影響它能不能承受這些魔力，也聽說可以靠光的亮度來判斷是否接近承受的極限。

簡單來說，如果注入魔力也沒有變得更亮，就是已經到達上限了。

再繼續注入魔力也只是白費力氣——可是……

它愈來愈亮了耶！

這真的不會出事嗎？它已經亮到我沒辦法直視了耶！

「唔唔～真不愧是從火蜥蜴跟狂襲狀態的地獄焰灰熊身上剝下來的材料，容量太誇張了吧！」

不會浪費魔力是滿讓人高興的，可是又好像有點心情複雜。

光芒強到我閉著眼睛都覺得刺眼。這樣根本沒辦法判斷是不是到上限了。

「既然這樣，能灌多少魔力就灌多少吧。」

魔力消耗掉還可以恢復，但鍊金生物無法重新做過。我低著頭，緊閉雙眼，一邊強忍著依然刺眼無比的強光，一邊擠出自己剩下的魔力。

「……撐——不住了！」

努力撐到最後的我當場跌坐在地。

我微微睜開眼睛，看見培養槽發出的亮光照亮了整個房間，隨後漸漸變弱，不久便只剩下淡粉紅色的光芒。

「成功……了嗎？」

我繼續坐在地上觀察培養槽，只看見裡面空無一物，頂多偶爾出現浮上水面的小泡泡。

雖然它沒有出現水變混濁或光芒消失這種書上提到的失敗案例特徵，卻也不足以讓我肯定自己鍊製成功。

「……好吧，也只能繼續觀察看看了。」

再來應該只要偶爾注入魔力，就可以在三天後做好鍊金生物。

反過來說，要是三天後沒有成功做出來，就確定是做失敗了。

等於是我用掉的昂貴材料全部白費，失去第一種幫艾莉絲小姐她們應對突發狀況的對策。

——不對，或許該說是全部泡湯？畢竟它現在就是一桶水而已。

「第二種對策……等明天再來。今天已經沒辦法再做什麼了……」

我直接往後躺到地上。

現在是不至於累到像對付火蜥蜴那時候一樣會昏過去，然而也幾乎用掉了所有魔力，老實說，光是坐著都很吃力。

其實地板有點冰，不過我想等到魔力恢復一點以後再離開。

我在地上休息幾十分鐘以後——

「珊樂莎小姐，晚餐煮好了喔。」

我聽見「叩叩」的敲門聲，還有蘿蕾雅的聲音。

「謝謝～抱歉，妳們先吃吧。我現在動不了。」

雖然已經比剛才好一點了，可是還是沒什麼力氣動。

聽到我這麼回答的蘿蕾雅有點焦急地說：

「不能動……？珊樂莎小姐，我可以開門嗎？」

「可以啊～」

「打擾了！……呃。」

「…………」

蘿蕾雅一進到工坊就跟仰躺在地上的我四目相交，同時陷入沉默。

但是她很快就回過神來，蹲著摸起我的額頭。

「珊樂莎小姐，妳沒事吧？」

「我沒事～只是用掉太多魔力而已，不是生病，很快就可以走動了。」

「那就好。妳不要太逞強喔——這個在發光的是什麼東西？」

「那個液體之後會變成鍊金生物。前提是有做成功。」

散發著淡淡光芒的培養槽相當醒目。蘿蕾雅站起來盯著她注意到的培養槽看，疑惑地微微歪著頭問：

「……可是這裡面看起來什麼都沒有啊？」

「因為才剛開始做。至少要過一天才看得出變化。」

「這樣啊……珊樂莎小姐不冷嗎？」

「是有點冷。畢竟已經是冬天了。感覺季節變得真快。」

我來這個村子的時候還是春天，時間過得好快。

「現在不是顧著感慨的時候吧。這樣會感冒喔。我扶妳的話走得動嗎？」

「嗯，應該勉強可以。」

「那我們走吧。萬一著涼了，對身體也不太好。」

「謝謝。又給妳添麻煩了。」

我握起蘿蕾雅伸向我的手，在她的幫助下站起來。

餐廳桌上擺著幾道看起來很好吃的料理。

艾莉絲小姐跟凱特小姐也已經坐在餐桌前，只等我就坐。

「不好意思，讓妳們久等了。」

「不，多等一下沒有關係……店長閣下怎麼了嗎？」

艾莉絲小姐跟凱特小姐看到我要蘿蕾雅攙扶才能走路，本來還打算站起來，但我制止她們，用半趺坐的方式坐到椅子上。

「呼，謝謝妳，蘿蕾雅。」

「沒關係，這不算什麼。」

蘿蕾雅露出微笑。等她坐到椅子上，凱特小姐才開口問：

「所以，店長小姐怎麼了嗎？應該不是身體不舒服吧？」

「不是。我只是單純把魔力耗光了。」

「店長小姐居然會把魔力耗光？原來做鍊金生物要這麼大費周章。」

「啊，沒有，單純做鍊金生物的話，不需要耗掉這麼多魔力……應該吧。只是書上寫要盡可能多灌一點魔力進去比較好——」

「所以妳就把所有魔力都灌進去了？」

「沒錯。」

我接著「嗯」地一聲點點頭，她們三個的眼神馬上變得有點傻眼。

可是書上都寫「多灌一點比較好」了，會想灌到極限也不奇怪吧？

我想嘗試這麼做很合理吧？我怎麼可能不會試試看？尤其我又是鍊金術師！

不如說，我沒有弄到昏倒已經算很克制了吧？

「……算了，反正珊樂莎小姐本來就是這樣。」

「是啊。鍊金術的事情我們多說無益。」

「的確。我們來吃飯吧。」

她們三個心不甘情不願地放棄追究，開始吃飯。我其實也有點想反駁。

不過，我故意不多說什麼，吃起眼前的料理——啊，好好吃。蘿蕾雅的廚藝果然厲害。

「妳們兩個今天應該在做這趟遠征的事前準備吧？」

「是啊。只是帳篷要跟店長閣下借，我們能做的也不算多……」

「妳不用放在心上。反正我也沒在用，我很願意借給妳們。」

「妳真的幫了我們大忙。雖然要跟妳借是有點過意不去，可是體驗過它睡起來有多舒適……就不會想用一般帳篷了。再來就只需要訂一些要帶去的乾糧，我們也跟達爾納先生訂好了。」

凱特小姐說完，蘿蕾雅就微笑著說：

「謝謝妳們常常光顧我們家雜貨店。」

「我也很謝謝你們雜貨店賣的東西都很便宜。我反而很擔心你們會不會虧錢。」

「的確會讓人有點擔心。蘿蕾雅，你們家是不是幾乎沒賺錢？」

以這個村子裡的販售量來看，達爾納先生進貨的價格大概跟南斯托拉格的零售價差不多。他們雜貨店訂的售價應該算非常低。

我自己也是生意人，很快就能算出一般商品需要再加上輸送費用、路上風險跟賣不出去的損失等成本，一定沒有多少利潤可賺。他們會不會哪天突然就倒店了……？

「我們雜貨店的確沒賺多少錢。可是賣得太貴不只村民買不起，連採集家都可能會離開我們村子……」

這好像也是對村子的一種貢獻。

不過，村長似乎也有考慮到這些（說不定是艾琳小姐考慮到的？），才會讓達爾納先生包辦農作物買賣事宜，聽說也是買賣農作物的利潤讓雜貨店勉強經營得下去。

「正因為村子規模小，才需要互相幫助……是嗎？」

「果然只靠自由競爭還是很難經營。」

「而且鍊金術師其實也多少有類似的現象。」

像是就算沒有利潤，也要留些很少用到的鍊藥；或是有人帶很容易賣不出去的材料來賣，也一樣要收購。

這麼做才能支撐住採集家這個行業，也能應付突發的緊急狀況。

所以會忽視商業規則的商人真的很麻煩。

因為最先受害的一定是沒有能力應對的人。

順帶一提，學校也會教學生這種商業規則。雖然不像鍊器售價是半強制要大家遵守規則，可是不遵守這種規則會惹毛其他鍊金術師，一般還是會乖乖遵守。

據說以前只是「潛規則」，或是「要由師父親自教徒弟才會知道」，後來是某個地位很高的人說「我不喜歡這樣不明不白的。每個鍊金術師都應該學到這個規則」。

我不知道那個人是誰，但是商業規則清清楚楚講明白的確是好事。

「不過，最近可以直接在村子裡做乾糧，採集家也變多了，好像負擔有變小一點。這都要多虧有珊樂莎小姐在！」

「這個喔。應該要說是我提供鍊器，艾琳小姐讓村子興盛起來，還要多虧蘿蕾雅付出努力吧？」

我轉頭對看著我的蘿蕾雅輕輕點了點頭，同時回想起幾個星期前發生的事情。

那一天，我一如往常地在鍊金工坊裡面工作。

村長——不對，是代理村長……也不對，純粹只是村長女兒的艾琳小姐（實質上的村長）前來拜訪我，說有事情要跟我商量。

艾琳小姐大概也有考慮到上門拜訪的時間，她剛好在店裡沒有客人的時候過來，於是我們就坐在櫃檯前的桌子旁邊，邊喝茶邊談事情。

「那麼，艾琳小姐，妳要跟我商量什麼事情？是藥草田的事情嗎？」

「不是。幸虧有妳幫忙，藥草田那裡還滿順利的，謝謝妳。」

「那就好。可是我認為會種得很順利，是因為他們夫婦倆夠努力。要是我教得很仔細，他們卻偷工減料，也是種不起來。」

隔壁藥草田的所有人是我，不過都是麥可先生他們夫婦倆在管理。

不像鍊金術師可以用魔法作弊，他們必須手工完成所有麻煩的工作。

他們夫婦做事非常認真，不只家鄉本來就在這裡的麥可先生，連從小在城鎮長大的伊茲女士都會天天來田裡細心務農，沒有偷懶。

現在藥草田是還沒到收成階段，不過，照這樣看來幾乎是百分之百可以有不錯的收穫量。真是太好了。

「可是，如果不是藥草的事情……該不會又出現什麼麻煩事了？」

「不，不是麻煩事……珊樂莎小姐知道雜貨店有在賣的乾糧嗎？」

「知道。我以前有一段時間也是吃他們賣的乾糧果腹。」

他們賣的乾糧是乾燥蔬菜跟肉乾。雖然不算好吃，卻有隨便煮煮就能吃的優點。

蘿蕾雅開始來幫我煮飯之前，我有時候嫌麻煩都會煮乾糧來吃。

「那麼，妳知道那些都是從南斯托拉格進貨的嗎？」

「這我倒是不知道，頂多曾經猜過可能是而已。因為我不曾在村子裡看過有人在晾乾食物。」

這個村子規模不大。要是真的有人在晾乾蔬菜，像我這種不常出門的人也應該多少會有印象。

「其實每戶人家都會晾乾自己家要吃的乾糧，只是拿來晾乾的地方沒有很顯眼。像是後院，或是屋簷下之類的。」

看來還是會自己做乾糧……畢……畢竟我都是走主要道路嘛。

我只看得到房子正面，看不到後院，也不能怪我沒注意到吧？

「以前會把我們村子當活動據點的採集家不多，還不會注意到乾糧的利潤，可是最近人變多了，不覺得這是賺錢的好機會嗎？」

「妳的意思是可以增加村民們的現金收入嗎？」

「對！雖然珊樂莎小姐努力想出的計畫已經讓更多人能藉著家庭代工賺錢了，但是我想再增加更多讓大家賺到現金的方法。」

這個村子的主要產業是農業。其中大部分是種植穀類，其他種類的農作物扣掉村民自己吃，或是能在餐廳吃到的部分，就只剩下一點點。

剩下的那些會由達爾納先生帶到南斯托拉格去賣，卻也還要考慮到保存期限、重量跟搬運的方便程度等因素，沒辦法全部帶過去。

「目前都會把剩下的蔬菜醃漬成醬菜來保存，可是大多人不喜歡那種醬菜——只有極少部分人喜歡。珊樂莎小姐知道那種醬菜嗎？」

「……我曾經聽說過。」

記得是我來這個村子的第一天聽到的。

印象中狄拉露女士跟耶爾茲女士聊天的時候有提到。

也不知道該不該慶幸我到現在都沒機會吃到那種醬菜，但既然只有少數人喜歡，應該就不算好的乾糧了。

只是這一帶的糧食環境也沒有豐富到可以抱怨這種保存食物的方法不好。

「多一些好吃的乾糧可以吃，採集家應該也會很高興。」

「對吧？那樣可以不用浪費蔬菜，冬天也能吃得好一點。如果大家喜歡，我還想請農民們多種點蔬菜，增加村子裡的現金收入。要是可以靠乾糧賺到現金，我們以後就可以看市價再決定要不要買賣穀物了！」

「原……原來如此……」

看來每個農村都有一樣的煩惱。

洛采家的情況是由領主承擔農作物買賣市價的問題，可是這裡的領主只接受用現金繳稅——換句話說，就是把買賣市價的風險推給村民承擔。

不過，假如村民們有足夠現金繳稅，就是另一回事了。

而那樣當然會需要新蓋可以儲藏穀物的倉庫。看艾琳小姐很努力想在有能力實現的範圍內讓大家過得更好，就忍不住由衷佩服她果然是實質上的村長。

「我覺得這個想法不錯。如果村子裡就可以生產乾燥蔬菜，不只可以減少現金外流，也可以增加流入村子裡的現金。的確是一石二鳥的好方法。」

我也不太清楚乾燥蔬菜怎麼做，應該只要切好拿去晾乾就好。

雖然是不至於變成這個村子的特產，但反過來說，就是不會跟其他乾糧有太大差別。

講得極端一點的話，哪天村子裡唯一有賣乾糧的達爾納先生決定只賣村子裡生產的乾糧，採集家也一樣只能跟他買。

除非乾糧品質太差或是價格太高，不然採集家應該都能忍耐吃起來的味道不太一樣。畢竟這裡離南斯托拉格太遠了。

「……可是，做乾糧應該不需要找我吧？」

「是啊，但我當然不會只是想來問怎麼做乾燥蔬菜，就浪費鍊金術師的寶貴時間。」

「哈哈哈……妳就算真的問了，我也只能給出很普通的答案。」

艾琳小姐用開玩笑的語氣笑道，我則是用一道乾笑回應她。

要問跟料理有關的事情，問蘿蕾雅一定比較好。

尤其我是在商人家庭裡面長大的。即使曾經看過乾糧，也不會在家裡自己做，只知道一些比較普遍的相關知識，以及學校特地教過的事情。

附近的農家小孩搞不好還比我更了解。

「我想問有沒有可以製造乾燥蔬菜……不對，我就統稱成乾糧吧，有沒有可以製造乾糧的鍊器呢？」

「我就知道妳問的會跟鍊金術有關～不過，我想想喔——請妳先等我一下。」

我跑去拿厚重的《鍊金術大全》，放在桌上翻閱。

書上有照鍊器的種類分類，其實不需要翻過每一頁，可是有時候自己想找的東西不一定會在自己認為的分類裡面，有點麻煩。

例如製造乾燥蔬菜的鍊器可能會以為被分類在食品相關，結果卻是被分在農業相關裡面；又或者是因為有乾燥功能，就被分類在工業相關之類的……真的不能太大意。

不過，假如它的名字很簡單明瞭，倒還算好找。

因為隨便翻翻就會注意到。

要是它的名字有點奇怪，我就必須看到每個名字很奇怪的鍊器都要停下來看說明，有點耗時間。

那些莫名喜歡彰顯自己取名特色的鍊金術師真的很讓人傷腦筋。要顯得自己很特別，就靠鍊器的功能來吸引目光啊——

「啊！找到了。就是這個。」

它的名字叫做「乾燥食品製造機」。

名字沒有任何特色，可是對大多數人來說很方便。

太好了，這個鍊器是出自有常識的人之手。這種有實用性的鍊器不需要取那種自認為好聽的名字。

假如它實際上的功能跟名字不一樣，就是個天大的陷阱了……嗯，幸好功能跟名字一樣。

「艾琳小姐，可以製造乾糧的鍊器長這樣……」

艾琳小姐看著我遞出的《鍊金術大全》，皺起眉頭說：

「……那個，我什麼都看不到耶？」

「啊，也對。不是鍊金術師看不到內容。」

之前從來沒有人會來詢問有沒有特定功能的鍊器可以訂做，完全忘了一般人看不到。

我都特地做牌子說可以訂做了，也還是一樣乏人問津。

艾琳小姐是第一個找我客製特殊鍊器的客人。我要鼓起幹勁完成這份訂單才行。

「這個鍊器可以製造乾燥食品，除了乾燥蔬菜以外，也可以用來做肉乾。可是上面寫說『乾燥肉品之前需要經過事前處理』。」

「我知道要做什麼處理。我們村子裡做肉乾的時候，也會先去油再用鹽醃漬。只是我們這裡的肉品很少會多到需要另外儲藏，其實也沒什麼經驗。」

「啊，那要不要拿掉這個功能？這樣也會比較便宜。」

前陣子村子裡剩下很多地獄焰灰熊的肉，可是那是特例。

這個村子的獵人只有賈斯帕先生一個人，正常狀況下不會有多到可以儲存起來的肉品。

「沒關係，我們以前是沒多少機會儲存肉品，但最近偶爾會有採集家獵一些肉回來。我們把那些肉買回來加工，也能讓村民多一種工作機會。」

「等加工完再賣給採集家對吧？再來就是……它還寫說不只可以乾燥生蔬菜，也可以乾燥一般的料理。好像不是每一種料理都可以。」

「料理嗎？我想順便問問是什麼樣的料理可以乾燥……？」

「上面沒有寫得很清楚，但是麵包跟湯應該可以乾燥。只是水分比較多的料理乾燥起來比較費力。」

比較費力的意思就是要耗比較多燃料。魔力比較多的人可以消耗自己的魔力來運轉；沒有魔力，或是魔力不夠多的人，就要用到碎魔晶石。

乾乾的麵包跟富含水分的湯。想也知道哪一種比較難乾燥。

而且耗這麼多成本乾燥水分很多的料理，也不一定值得——這應該就不是我該擔心的事情了。

「湯也可以嗎？真不愧是鍊器，一般一定會認為湯品沒辦法做成乾糧。」

「我也沒辦法解釋……我沒辦法提供料理方面的建議，這部分就請妳找比較會煮飯的狄拉露女士或蘿蕾雅商量了。」

我看向蘿蕾雅，推薦艾琳小姐需要建議可以找她。默默吃著點心喝茶的蘿蕾雅忽然愣得眨了眨眼，疑惑地指著自己說：

「……咦？我嗎？」

「嗯。蘿蕾雅煮的飯很好吃，我覺得妳要站在提供建議的立場也不是問題。」

「謝……謝謝妳這麼抬舉我……」

蘿蕾雅的廚藝似乎是跟她的媽媽瑪麗女士學的，而最近她一直都是參考瑪莉亞小姐送的食譜在煮飯。

所以先不論她的廚藝厲不厲害，至少她對料理的知識要說已經比瑪麗女士豐富，也不為過……應該吧？

「原來如此。妳的意思是村民常常每天都是煮一樣的菜色，搞不好不會煮適合用這種鍊器的料理吧？蘿蕾雅，方便麻煩妳幫這個忙嗎？」

「沒……沒問題！我會盡全力幫忙！」

艾琳小姐低頭請蘿蕾雅協助，蘿蕾雅也挺直了背脊，有點緊張地回覆這份請求。

蘿蕾雅這副模樣讓我不禁會心一笑，同時，我也再次看向書上的內容。

「再來就只剩做好這種鍊器了，可是我沒有適合的火屬性材料……奇怪？」

我看到書上寫的製造方法，先是用手指揉了揉眉間，才重新再看過一遍。

——嗯，不可能會寫錯。這可是用正規途徑買的書。

「需要的火屬性材料這麼少？需要的反而是風屬性……跟不知道為什麼會用到的冰屬性比較多……？」

冰屬性材料還有很多冰牙蝙蝠牙齒可以用。明明夏天都要結束了，卻還剩下不少。

我本來預料大概一直到明年夏天都會留在倉庫裡，看來可以趁這次機會消耗掉很多。

其實火屬性有火蜥蜴材料可以用，可是用火蜥蜴的材料會貴到艾琳小姐負擔不起，完全不考慮……應該用之前撿到的火焰石就夠了。

「雖然還要多準備風屬性的材料，不過價格會比原本估算的還低。」

「真的嗎？太好了。」

「只是價格還是不算便宜……沒問題嗎？我覺得這個村子的農家要買得起它有點困難。」

「沒問題！我會自費買下來。之後再規定大家每次用都要付使用費。」

艾琳小姐語氣很肯定而且高興地說道，蘿蕾雅也點點頭，說：

「……對耶。現在大家有錢付使用費了。」

「是啊。如果村子裡跟以前一樣沒什麼現金，我還會猶豫該不該加速消耗現金，但現在大家連稅金都付得起了。萬一突然需要大量用錢，也可以跟每戶人家徵收現金來應急！」

村長的工作就是徵收稅金。以前的稅金來源是透過收集村子裡的農作物給達爾納先生帶去換成現金，假如還是不夠，似乎就會先跟旅店的達多利先生等少數擁有現金的村民借錢。

不過，現在採集家變多了，以前沒人租借的空屋也是大客滿。

那些租借用的空屋是所有村民的共同財產。租出去的利潤會平分給村民，所以只要不亂花錢，每戶人家都會擁有一定程度的現金。

「好。那我就接下這份訂單了。只是我需要一點時間收集材料……」

「不用太急沒關係。畢竟我們這裡是鄉下地方，與其省時間，不如省成本會更好……可以嗎？」

「呵呵呵！好。我會盡可能壓低價錢。」

艾琳小姐閉起一邊眼睛，雙手合十地拜託我壓低成本，而我也笑著答應了她的請求。

◇◇◇

「要弄到那些風屬性材料真的很折騰人……」

「真的很謝謝妳們那時候幫忙弄材料回來。」

艾莉絲小姐仰望著遠方，我也因為想起她們先前提到一路上有多辛苦，低頭感謝她們的努力。

「不，當初是我們自願去這一趟的。店長閣下不需要放在心上。」

「對啊。是艾莉絲自己不顧店長小姐的制止，堅持要幫忙……」

我知道南斯托拉格附近可以弄到風屬性的材料，但我本來想直接用買的。因為雷奧諾拉小姐的店就在產地附近，應該會有庫存，價格大概也會很划算。

不過，艾莉絲小姐卻主動表示：「我去幫妳採集！」

她可以從我這裡知道產地，還有採集物的詳細注意事項。

憑她的實力也不是應付不來——只是她的經驗不夠，我有點不放心。

所以我用很婉轉的方式制止她。說：「跟安德烈先生他們一起去採集會比較安全吧？」

而且我是知道當時安德烈先生他們不在村子裡，還故意這麼說。

「我……我是很有自信不會出事，才會堅持幫忙！我也是有事先調查過才去的。」

「嗯，我們那一趟是沒有出事，但是也費了不少工夫。」

「反……反正辛勞跟努力能促使一個人成長。這樣不是很好嗎？」

「……妳確定這是妳的真心話嗎？」

「……我的確有點覺得自己太衝動了。抱歉。」

凱特小姐半瞇著眼，用質疑的眼神看著艾莉絲小姐。艾莉絲小姐先是陷入短暫沉默，並在尷尬地撇開視線之後開口道歉。

聽到她的道歉，凱特小姐才恢復原本溫和的神情，輕輕吐了一口氣。

「我其實不在乎妳當時那麼衝動啦。畢竟我的職責本來就是要在一旁協助妳。」

「可……可是，妳們當時的努力讓村子裡的乾糧變得很豐富，爸爸也賺得……其實沒多賺多少，但是營收有增加！」

聽說達爾納先生幾乎沒有藉著這次的乾糧賺取利潤。

原因當然是要讓其他村民也能享受到利益。

旅店跟鐵匠鋪都有因為村子裡的採集家變多而獲利，可是以農業為主的村民們收入並沒有增加太多。

所以達爾納先生會用偏高的價格跟農家購買乾糧，當作補償。

這讓雜貨店能賺到的利潤變少，可是達爾納先生也不必再從南斯托拉格搬乾糧回來，再加上村民擁有的現金變多，就會更常去雜貨店消費。

而且乾糧夠好吃的話，採集家就會願意多買一些。現在雜貨店整體營收比以前更多，經營起來似乎也稍微沒先前吃力了。

「我很高興妳覺得我們也有功勞，可是你們家的營收會增加，是妳用努力換來的成果吧？我聽說新生產的乾糧大部分都是在妳的協助下做出來的。」

「對啊。記得除了單純的乾燥蔬菜跟肉乾以外，料理類的都是妳幫忙做的吧？」

「我也有聽說……應該說，我自己也有幫忙提供魔力。」

想要試做新的乾糧，就一定要用到乾燥食品製造機。

可是一般人不可能有足夠魔力讓乾燥食品製造機運轉好幾次。每一次都要用碎魔晶石發動，運轉成本又會太高。

艾琳小姐好像也是覺得負擔不了那麼高的運轉成本，才會委託我提供魔力——還先說服蘿蕾雅一起求我幫忙。

找蘿蕾雅一起求我幫忙，我就沒辦法拒絕了，最後也就這麼決定由我負擔試做新乾糧的魔力。相對的，艾琳小姐會免費提供所有試做的時候會用到的食材，剩下的食材跟試做的乾糧也都會送給我，所以我也沒有吃虧。

反正消耗掉的魔力只占我魔力總量的極小部分，而且蘿蕾雅看起來滿開心的。

順帶一提，除了提供魔力以外，我只有幫忙試吃，完全沒有參與料理部分。

「當時真的很謝謝妳幫忙提供魔力。妳最後還是沒有收錢吧？」

「蘿蕾雅應該也是只有收提供的食材而已吧？」

「因為這次做乾糧是要幫助村子跟採集家。而且以長遠眼光來看，自產乾糧對我家雜貨店跟這間鍊金術店都有好處。」

「喔喔……妳的想法真成熟，一點都不像才十三歲！」

「畢竟我再過一陣子就十四歲了。我可不會永遠都是個小孩。」

蘿蕾雅一邊這麼說，一邊得意洋洋地挺起胸膛。

嗯，她的確已經很成熟了，像是她的胸部！就比我還大！

「現在我們也能在野營的時候吃到好吃的東西了，對我們採集家來說也是好事。」

「跟以前比起來真的是天差地別。」

她們兩個比蘿蕾雅更成熟。連比都不用比。

「……店長小姐，怎麼了嗎？」

「沒有啊～沒事～」

我才沒有嫉妒她們——真的。

「妳看起來不像沒事……算了。我們明天開始會比較有時間，有沒有什麼事情需要我跟艾莉絲幫忙？」

「也不是沒有，但妳們閒著沒事做的話，去附近採集就好了吧？」

「我本來也是這麼想，可是凱特她——」

艾莉絲小姐沒有明講，而我一看向凱特小姐，她就點點頭，很傷腦筋似的皺起眉頭說：

「因為諾多先生在村子附近徘徊，像今天也是。感覺去森林裡會遇到他……」

「遇到他會有什麼問題嗎？反正妳們過幾天也要跟他一起去調查吧？」

「是沒錯。可是，蘿蕾雅，我的第六感說他很可能會把我們捲進什麼麻煩事。」

因為酬勞優渥才接下委託，卻隱約感覺他會帶來麻煩。

似乎就是因為這樣，才不希望在工作時間之外跟他有太多交流。

「我懂妳為什麼會這麼想。那種人就算沒有惡意，也會自然而然地下意識給其他人添麻煩……」

鍊金術師培育學校裡也有這種人。還不只一個。

明明很優秀，卻會莫名其妙惹出麻煩，還不會被校方解僱。

不對，大概就是因為很優秀，才不會被解僱吧？

沒什麼實力又會惹麻煩的人不可能留在學校。

「那麼，明天就請妳們兩個來幫忙做帳篷好了。」

「好，妳要我們幫什麼都儘管說。不過，那種比較細膩的工作就交給凱特了！」

「等一下，艾莉絲，我也幾乎沒有縫過皮革耶。縫皮革要很有力氣，反而比較需要妳幫忙吧？」

「唔。可是我不太會裁縫……」

「唉……妳也是女生吧？如果是地位很高的貴族就算了，一個小小的騎士爵夫人不會裁縫很致命耶。」

「別擔心，凱特小姐。」

我制止傻眼到嘆了口氣的凱特小姐，發出「呵呵呵」的笑聲。

「喔喔，店長閣下的意思是以後需要裁縫可以交給妳嗎？那我一定會盡好丈夫的職責——」

「才不是！我說的是不用擔心不會縫帳篷！」

我是不知道貴族跟同性結婚要怎麼分擔職責，但這不是現在該探討的重點。

「咳咳。我有妙計可以處理縫皮革的問題。」

我清了清喉嚨，拉回正題，並再次發出「呵呵呵」的笑聲。

……其實我說的妙計也只是用黏革靈把皮革接起來而已。

◇◇◇

「這就是我這次做的鍊金生物。」

我在艾莉絲小姐她們的協助下做完飄浮帳篷後，就一邊替培養槽灌注魔力，一邊迅速製作共鳴石跟鍊藥。現在則是向大家展示在第四天培養完成的鍊金生物。

耗費的時間比我原本預料的多一天，然而我也是第一次做鍊金生物，不知道問題出在哪裡。

或許是我不熟悉製作方式，或是太高估完成時間，也可能是我用的材料的問題。

反正最後有順利做好就好了，對吧？

我把因為要擦乾培養液而被我用毛巾包著的鍊金生物直接放到桌上，接著它就開始努力推開毛巾，探出頭來。

「好……好可愛喔～！」

「這……這個鍊金生物……比我預料的還要可愛耶！」

鍊金生物很賣力地從毛巾裡爬出來，坐在桌面上。它的外型是一隻小熊，毛是淡褐色，有時候在光線下會變得像是金色。

它小到可以放在一隻手的手心上，還毛絨絨的。

看到這隻小熊的蘿蕾雅大喊好可愛，從她雙手的動作也看得出她很興奮。艾莉絲小姐則是將身子靠到桌上，仔細凝視起鍊金生物。

「我也很意外。鍊金生物都會長這麼可愛嗎？」

「這就要看製造它的鍊金術師想做成什麼樣子了。這次是因為比較好做，才會做成小熊。」

做成小熊有一半是因為比較好做，另一半是出於我自己的喜好。

製作者可以自由塑造鍊金生物的外型，只是用的材料會影響塑造的難度。

例如這次是用火蜥蜴跟地獄焰灰熊的材料，要做成熊或蜥蜴會比較簡單，想做成魚的形狀就會很困難。

反過來說，適當調整用來製作的材料，就可以做出各種造型的鍊金生物。
不過，鍊金術師不可以製作超過一定尺寸的人型鍊金生物。
至少這個國家是禁止製作會被誤認成人類的鍊金生物。
而技術上做不做得出來……應該從「禁止製作」這個詞就能知道答案了吧？
「所以妳這次做鍊金生物不是做成蜥蜴就是熊，是嗎？」
「對。這兩種挑一個的話，當然是挑熊吧？」
或許會有人認為蜥蜴比較可愛，但是我比較喜歡熊。
大家對蜥蜴跟熊的喜好似乎也跟我差不多，所有人都非常認同我的想法。
「嗯，的確。那大小呢？以一隻熊來說，好像有點太小了。」
「反正這隻鍊金生物不是做來應付戰鬥的，太大也只會礙事吧？而且也不能處理完妳們接的委託就把它銷毀。」
「不……不行，不可以銷毀它！」
「我不會銷毀它。反正這種外型的鍊金生物陪妳顧店，也不會顯得很突兀。」
我露出微笑，要連忙出聲制止我的蘿蕾雅冷靜下來，然後把鍊金生物抱起來遞給她。
「我……我可以摸摸看嗎？」
「嗯，當然可以。給妳。」

鍊金生物在我輕輕把它放上蘿蕾雅的手心之後緩慢挪動身體，趴了下來。

「哇——它好溫暖，還毛絨絨的～」

「我也要！接下來換我！蘿蕾雅，我也要摸！」

「等……等我一下！我還想要多摸一陣子！」

蘿蕾雅小心翼翼地摸起鍊金生物的背，神情非常陶醉。艾莉絲小姐也用手指搔弄鍊金生物的脖子附近，笑容看起來很心滿意足。

鍊金生物在兩人的撫摸下發出「嘎嗚～」的聲音，瞇起雙眼，似乎覺得很舒服。

「店長小姐，那個鍊金生物不會有危險性嗎？畢竟它小歸小，也還是一隻熊。而且它應該是自己動，不是店長小姐在操控它吧？」

「我們摸它不會怎麼樣。它只是看起來像小熊的鍊金生物，實際上就跟我們幾個人的小孩沒兩樣。」

凱特小姐有點不安地看著我們，我則是向她保證不會有危險。

雖然它只帶有我的魔力，但是也包含了她們三個的身體成分在內，至少是不會突然被它攻擊。應該就像是很習慣跟人接觸的寵物？

「那我就稍微放心一點了……如果是我們以外的人摸它呢？」

「可能就要看情況了。它的性格是受到我們的個性影響，應該不會突然咬人——除非我們四個人裡面有誰其實有不為人知的攻擊性。」

「攻擊性……」

凱特小姐的視線經過我跟蘿蕾雅——接著皺起眉頭，顯得有點擔憂。

「我還是有點擔心。」

我就不特地問她是擔心誰的個性了。

會感覺她的視線停在明明是貴族千金卻跑來當採集家的某人身上，大概是我的錯覺。

「總……總之，妳不用擔心啦。它不會自己隨便亂跑。」

它就算看起來是動物，也是要藉著我的魔力活動，所以沒有我的命令不會擅自離開我身邊。

「珊樂莎小姐！它叫什麼名字？它有名字嗎？」

「咦？名字？我沒有幫它取名字——」

「我們來幫它取名字吧！沒有名字很可憐耶！」

「是啊！我們得幫它取個可愛的名字才行！」

蘿蕾雅強烈表示一定要取個名字，艾莉絲小姐也不斷點頭同意她的意見。

……怎麼辦？她們兩個比我預料的還要更喜歡這隻鍊金生物。

我也覺得它很可愛，但頂多跟覺得布偶可愛差不多。

鍊金生物終究只是一種工具，對它投入太多感情會很麻煩。

它本來的用途在於偵察危險的地方，或是犧牲自己保護蘿蕾雅之類的，要是因為太喜歡它而不想讓它遭遇危險，就本末倒置了。

等於完全迷失原先製作鍊金生物的目的。

可是我也不忍心禁止這麼喜歡它的蘿蕾雅跟艾莉絲小姐接觸它。

我用眼神向凱特小姐求助，凱特小姐也像是看懂了我的意思，大力點頭，開口說：「我說，妳們兩個。」

太好了。凱特小姐一定有辦法用溫和的方式勸她們冷靜下來——

「該換我了吧？」

怪了——？

「什麼！凱特，妳這樣太詐了！我也還沒抱到它耶！」

「我連碰都還沒碰到呢——哇，毛摸起來好軟。跟地獄焰灰熊完全不一樣。」

凱特小姐沒有多理會艾莉絲小姐的抗議，拿起蘿蕾雅手上的鍊金生物，並用雙手不斷撫摸它的身體。

「凱特，換我了！」

「再讓我摸一下又不會怎麼樣。這種觸感會上癮呢。我摸我摸。」

「嘎嗚、嘎嗚！」

凱特小姐把鍊金生物翻過來，搔弄它的肚子，讓鍊金生物不斷揮舞雙手跟雙腳，還瞇細了雙眼，看起來很舒服。

看到鍊金生物這副模樣的凱特小姐嘴角不斷抽搐，像是明明覺得很可愛，卻在拚命忍著不讓嘴角上揚。

嗯，沒救了。沒辦法期待凱特小姐會幫我。

是說，她也用不著憋著笑容啊。

我們應該已經不需要顧慮彼此的形象了吧？

相對的，艾莉絲小姐就很坦率。

艾莉絲小姐從凱特小姐背後抱住她，伸手想搶鍊金生物。

「換我了！接下來換我了！」

「咦～？發現生日禮物是劍還很高興的妳，應該配不上這麼可愛的小熊吧？」

「這……這是兩碼子事吧！凱特妳自己不也是超過十歲了，還天天抱著人家送妳的布偶睡覺！」

「唔。抱……抱著布偶睡覺又不會怎麼樣。女生本來就會喜歡布偶。應該說，對布偶有感情才像個女孩子。蘿蕾雅，妳說對不對？」

凱特小姐有一瞬間說不出話，害羞得滿臉通紅，但很快就承認事實，還向蘿蕾雅尋求認同。

「對。所以，凱特小姐，請把它還給我。」
「哎呀，它不是幾乎等於我們四個人的小孩嗎？用『還』的不太對吧？」
「我就說接下來換我——」
不管她們大概會吵個沒完沒了，於是我在嘆了口氣之後插嘴阻止她們的紛爭。
「唉……艾莉絲小姐，反正它明天開始會跟著妳們兩個一段時間，妳們到時候再盡情跟它玩吧。」
「對啊！妳們明天就可以獨占它了，所以應該要先讓我摸，不是先給艾莉絲小姐！」
「不，我不是這個意思——」
「嗯！那我們應該要先幫它取名字！」
「也不是這個意思！先……先聽我說，我們幫它取名的話，會對它有感情吧？鍊金生物不是寵物，有時候還會有喪命的風險——」
我有點猶豫地開始勸說，她們三個卻同時轉頭看向我，訝異地說：
「這怎麼行！珊樂莎小姐要讓這麼可愛的小熊去面對危險嗎？」
「店長閣下怎麼忍心做這麼殘忍的事情！」
「我也覺得這樣太狠了。」
我被她們三個責備的氣勢震懾到不禁畏縮起來。

「可……可是……」

鍊金生物本來就是這種用途啊，我哪有什麼辦法！

我是想盡可能避免艾莉絲小姐跟凱特小姐遇到危險，才會特地做鍊金生物耶！

要是妳們為了保護這隻鍊金生物喪命，就白費我一片苦心了！

「難道店長閣下要對這麼嬌小可愛的動物見死不救嗎？」

艾莉絲小姐用雙手抱住從凱特小姐手上搶來的鍊金生物，遞到我面前。這隻鍊金生物微微歪起頭，眼睛看著我，也不曉得知不知道大家正在談論自己。

「嘎嗚？」

「唔。唔～」

我……我也覺得它很可愛啊。

是對它投入太多感情會很麻煩，我才會逼自己只把它當工具！

「來嘛來嘛，店長小姐，妳就別再逞強了～」

「它很軟又很溫暖，還很可愛喔。」

「它摸起來毛絨絨的很舒服喔。」

「唔唔……」

我知道它很可愛。

因為我就是故意做成我認為很可愛的外型啊！

艾莉絲小姐把鍊金生物貼到我臉上，它的觸感毛絨絨的，還很溫暖。

「毛絨絨～」

「毛絨絨～」

「毛絨絨～？」

「我——」

「我？」

「我知道了啦！我會盡可能避免它遇到危險！妳們也可以幫它取名字！不過，萬一真的有緊急狀況，我還是會優先顧慮妳們的安危喔！」

「「「好耶！」」」

她們三個人互相擊掌，發出清脆聲響。我突然覺得有點孤單。

我明明是為了大家的安全著想，才會狠下心不對它放感情……嗚嗚。太傷心了。

「要幫它取什麼名字？店長閣下有什麼點子嗎？」

艾莉絲小姐說因為我是它的媽媽，想問問我的意見。我微微搖頭。

身為一個鍊金術師是很希望她可以說我是「製造者」，但反正寡不敵眾，我已經放棄掙扎了。

「隨便妳們想怎麼取吧。不過，我要先拿走它。」

我輕輕閉上眼睛，將注意力放在鍊金生物上，控制它跳離艾莉絲小姐的手掌心。它在空翻了幾圈以後降落到桌上，坐在我面前。

「剛才這一連串動作是我操控的——看來是沒有問題。」

「什麼！原……原來它還會這種技巧！」

我可以操控它的視覺、聽覺、觸覺跟肢體動作。

像現在這樣坐著的時候不會太難操作，只是應該很難同時跟我自己的身體一起動。

聽說比較熟練的人可以讓鍊金生物跟自己共同戰鬥。不過，我現在光是睜開眼睛就覺得眼花撩亂，有點不敢相信真的能做到那種地步。

「哇～它真的不是普通的動物耶。」

「對吧？這樣妳們還要取名字嗎？」

「可是珊樂莎小姐沒在操控的時候，它會自由行動吧？那還是應該幫它取個名字。」

「對啊。名字很重要。」

「嗯。像凱特那一大堆布偶每一隻都有名字。」

「咦？真的嗎？」

剛才艾莉絲小姐也有提到凱特小姐有布偶，原來她有很多隻嗎？這倒是讓我有點意外。而且我還以為是小時候的事情而已。

凱特小姐用手遮擋我跟蘿蕾雅看向她的視線，臉頰變得通紅。

「那……那當然是我小時候的事情！我不可能都長這麼大了，還在玩布偶……」

「但是妳把以前的布偶全部留在老家的寢室裡面——」

「那些都是媽媽送我的，我怎麼捨得丟掉！」

凱特小姐的強烈反駁再次讓我感到意外……不對，好像也還好？

因為教她弓術的母親——卡特莉娜女士實力相當堅強，卻也不失溫柔。

「……不過，我懂妳的心情。這種有感情的東西本來就會捨不得丟掉。」

「對吧？正常都會想好好珍惜吧？」

父母曾在我小時候送我人偶，我也替人偶取了名字。

雖然父母過世之後，人偶就在被帶去孤兒院的途中弄丟了，但如果我沒有去孤兒院，一定到現在都還很珍惜那個人偶。

「我也很珍惜媽媽送我的一個人偶……那，是不是讓凱特小姐來取名比較好？」

「反正難得有這個機會，我們一起提些點子吧。店長小姐……應該沒什麼興趣，我們三個來想就好。」

嗯、嗯。妳們就幫它取個好聽的名字吧。

我趁著她們想名字的這段時間操控鍊金生物，讓它跳舞。

轉個圈，踩起舞步，再瞬間停下動作。

仰望自己閉著眼睛的模樣還滿有趣的。

「——那個，店長閣下。妳讓它用這麼俐落的動作跳舞，會破壞它的形象耶。」

「妳不用太在意。而且明天就要出發了，我也需要練習一下。」

艾莉絲小姐代替一樣露出複雜神情的凱特小姐跟蘿蕾雅表達抗議。可是我也有不得不這麼做的理由。

這是我第一次製作鍊金生物，不先習慣操作它，會有風險。

像是遇到緊急狀況的時候無法隨心所欲地操控它，或是沒辦法跟它同步。

「好吧，的確滿有道理的。那只好想起它剛才軟綿綿的可愛模樣來想點子了……」

三人沉思了一段時間，期間仍然不時往鍊金生物看了幾眼。

最先想出點子的是蘿蕾雅。

「我想叫它『核桃』。因為它的毛色很像核桃——雖然其實有點偏金色。」

——嗯，聽起來很可愛，還不錯啊。

「那我……想要叫它『馬克』。」

——好普通。感覺是男生的名字，可是鍊金生物沒有性別耶。

「凱特每次取名都是這樣。還說她自己也不知道為什麼都是想到這種的。」

「我是靠直覺取名字。那艾莉絲呢？」

「我想叫它『鮭魚』！」

——給我等一下。

「艾……艾莉絲小姐，妳怎麼會想取這個名字？」

「呵呵呵，看來連博學多聞的店長閣下都不知道什麼是鮭魚。鮭魚是北方的一種東西，熊很喜歡吃喔！」

艾莉絲小姐一臉得意地假裝自己知道鮭魚是什麼，有點可愛。

可是那是一種魚的名字耶。

雖然「核桃」也是食物的名字，再多一個食物的名字也沒什麼關係，就是聽起來跟這隻小熊不搭……

「呃，那個是——」

「不過，其實我也不知道那是什麼果實。不曉得它長什麼樣子？會是長得像橡樹果或栗子，還是像柿子呢……不覺得這種神祕的感覺跟鍊金生物很搭嗎？」

「…………」

她用這麼開心的表情問我，讓我很難回答。

這種時候就應該問問凱特小姐——看來她也不知道。

畢竟她聽到艾莉絲小姐這樣講，也沒有開口糾正。

那種魚不只這附近沒有牠的棲息地，也沒有在市面上流通。

這附近一帶的人除非像我在學校學習各種領域的知識，或是基於好奇去查資料，不然根本沒機會知道鮭魚這種生物。

而蘿蕾雅當然也一樣不知道——

「那就從這三個名字裡面挑一個吧。要怎麼決定？」

「就讓鮭魚自己來決定以後要叫什麼名字吧。」

「艾莉絲，不要擅自決定它叫鮭魚。店長小姐，可以讓它自己選嗎？」

「呃……好。」

我現在拒絕應該很不識相。其實我也不是不能作弊……總之，也只能祈禱它不會亂挑了。

我讓鍊金生物跟她們每一個人保持相等距離，再解除控制。

「核桃，我想叫你核桃！」

「我覺得叫馬克比較好。」

「鮭魚！你一定比較想被叫鮭魚吧？」

鍊金生物看她們三個表達各自的意見，對它伸出手，便轉頭觀察我的反應。

我對它點點頭，接著它就在桌上徘徊了一段時間，之後——

「嘎嗚嘎嗚。」

「太好了！它喜歡我想的名字！」

鍊金生物——「核桃」輕快跳到蘿蕾雅伸出的手上。

太好了！還好沒選艾莉絲小姐。

「唔，它喜歡核桃這個名字啊。好吧，核桃也還不賴。店長閣下應該沒有故意控制它選名字吧？」

「沒有。我讓它自己挑的。只是我不確定它知不知道這是在決定它自己的名字。」

鍊金生物的智力不算高。

不過，也不算低。

它能完成不至於太過複雜的指示，也能教它記住並做出特定行動。

不過，它的智力沒有高到可以看出我的想法，幫我避開艾莉絲小姐想的名字……大概吧？

總覺得它好像比我預料中的還要聰明，應該只是我的錯覺吧？

「那，就決定叫它核桃了。」

「明天開始要請你陪我們一陣子了，核桃。」

「嘎嗚！」

乖乖坐著的核桃舉起了一隻手。

好可愛。

……嗯，好吧，就不計較了。

它聰明一點……應該不會有壞處吧？

No 009

鍊金術大全：記載於第四集
製作難度：普通
一般定價：6,000雷亞以上

〈幻想黏土〉

Hmfiginfitiftn Alfiy

這種特殊黏土可以隨意變形成你想像中的外貌。有些人或許會覺得這沒什麼特別的，但是它意外能在幫客人解說商品或構思新鍊器時派上用場，製作鍊金生物的時候也很方便用來練習固定外型。

Episode 2

To the Salamander's Lair

前往火蜥蜴棲息地

「那麼，艾莉絲、凱特。這段時間要麻煩兩位擔任我的護衛了。」
「交給我們吧。」
「我們會盡力而為。不過……你的行李還真多。」
艾莉絲和凱特在珊樂莎跟蘿蕾雅的目送之下出發，並在森林的入口與諾多拉德會合，同時用有點困惑的眼神看向他的身後。
這趟行程耗費的時間較長，艾莉絲她們帶的行李也比平常多，但是諾多拉德揹著的行李明顯多上不少。
他身高略高，揹著的行李還高過他的頭，底部也在腰部以下。
他的背包非常巨大，還塞得很滿。
諾多拉德揹著光看都很沉重的背包卻不會走不穩，或許是因為他有在鍛鍊身體。
不對，應該說他就是揹著這麼沉重的行李在做調查，才會鍛鍊出強健體魄。
「妳說我的行李嗎？因為調查過程中會需要用到很多工具，也幸好珊樂莎做的帳篷比我預料中的小。這樣我就能隨身攜帶了。」
皮革帳篷的重量其實意外驚人。

有些帳篷會比較注重輕量化，不過，採集家露營的地點通常在森林裡這種不平整的地面上，考慮到成本跟耐用性，幾乎只能選擇較強韌的皮革帳篷。

而珊樂莎這次製作的帳篷有透過鍊金術強化輕薄皮革的強韌度，兼具了耐用性與攜帶上的方便性。

相對的，它的尺寸就只能勉強讓一名成年男子睡在裡面，製作成本也比一般帳篷高上許多，但攜帶時可以摺疊到跟稍微大一點的水瓶差不多小，可說是鍊器的神奇之處。

「嗯。那，你早點買這種帳篷，不是更好嗎？你之前也常常出外調查生態吧？」

艾莉絲的言外之意即為「那樣也不需要借住別人的帳篷」，這讓諾多拉德臉上顯現疑惑。

「咦？妳該不會以為這種鍊器想買就買得到吧？老實說，是妳們這邊的鍊金術店太特別了。」

如果只是單純接受訂製鍊器，有很多鍊金術店都有這種服務。

不過，大家通常只是幫忙做跟《鍊金術大全》裡面一模一樣的鍊器。

拿飄浮帳篷來舉例，一般只會附加飄浮的功能，以及幾種尺寸供人挑選。很少鍊金術師會像珊樂莎這樣提供尺寸、使用的材料跟功能方面的客製化。

「尤其願意在接到訂單之後短短幾天內做出來的鍊金術師更是少之又少。因為有能力客製化的鍊金術師通常會同時處理很多份訂單。雖然有些鄉下地方的鍊金術師比較閒，可是比較有空的鍊金術師又可能有技術不足的問題。」

珊樂莎開店成本之少是相當極端的特殊案例，一般在都市裡開店的成本會奇高無比，鄉下則是便宜許多。

因此，會在鄉下開店，等於該名鍊金術師沒有能力在都市開店——也就是說，技術上通常相對較差。

當然也有厲害的鍊金術師會基於一些特殊原因或單純喜歡反其道而行，又或是提早退休，才在鄉下開店。但這樣的人並不多。

「所以店長閣下這種情況非常特殊，是嗎？」

「她是全國唯一一間培育學校的畢業生，而且畢業成績是實質上的第一名，甚至還是大師級鍊金術師的徒弟。這樣不叫特殊，要怎麼樣才算得上特殊？我不懂她為何會在這種地方開店。」

「你這麼說，好像也滿有道理的……？」

鍊金術師開的店對艾莉絲跟凱特她們這種扛著負債的人來說，就只是一個可以販賣採集物的地方，不只沒有閒錢訂製鍊器，也沒機會跟鍊金術師交朋友。

從小就在騎士爵的小小領地裡長大的艾莉絲她們對鍊金術的知識不輸從來沒離開村子的蘿蕾雅，卻也只是略知一二。而她們對鍊金術師的認知，是以珊樂莎作為標準。

兩人知道珊樂莎跟一般人不同，可是無法理解她實際上有多特別。

簡單來說，她們就算知道珊樂莎很特別，也不同於擁有一般常識的人所認為的「特別」。

「不過，諾多怎麼這麼清楚店長閣下的來歷？……喔，也對，畢竟是雷奧諾拉小姐介紹你來找她的。」

「是啊。話說，我很在意妳們帶的那個東西。」

諾多雙眼看著艾莉絲的肩膀。

因為有一隻小熊——核桃正抓著她背上的袋子，從肩膀後面探出頭來。

艾莉絲剛走出家門的時候還很高興地抱著核桃，像是覺得「終於輪到我抱它了」，但是凱特表示「接下來要擔任別人的護衛，兩手都抓著其他東西不太好」，她才心不甘情不願地要核桃待在袋子上。

「那是鍊金生物吧？是珊樂莎做的嗎？」

「對。虧你看得出來。店長閣下擔心我們遇到危險，才會做一隻鍊金生物給我們帶著。」

「再怎麼說，我也是研究魔物的人。而且我常常跟鍊金術師打交道，要分辨出是不是鍊金生物難不倒我。但我還是第一次看到這種外型的。」

「記得好像很多鍊金生物的外型是貓吧？」

「貓型的確比較受歡迎。還有鳥。因為很方便用來偵察。似乎也有人會做成狼型來應付戰鬥，只是很少見。」

大型鍊金生物會很少見，是因為鍊金術師幾乎沒有機會接觸戰鬥，再加上尺寸會影響製作難度。

第一個問題是培養槽。雖然不是一定要放在培養槽裡，然而放在培養槽外，鍊金生物的成長速度就會變得跟普通生物差不多，需要花原本的幾十倍到幾百倍時間才能完成。

像核桃原本就是做成現在這樣的大小，假如想做成跟一般的熊一樣大，頻繁灌注魔力的工程就必須持續好幾年。尺寸一大，需要的時間跟勞力也會加倍。

更不用說要準備一個跟熊一樣大的培養槽有多困難了。不只做起來很費工，還會占據不少空間。

還有魔力的問題。需要的魔力量會跟鍊金生物的尺寸成正比，無法供應足夠魔力就會讓鍊金生物的身體瓦解。

尤其完成之後也需要定期供應魔力，尺寸做得太大，甚至會影響平時的鍊製工作。

因此，目前鍊金生物外型的主流是小鳥跟老鼠，有多餘魔力可以運用的人會做成貓型。

「而且那隻鍊金生物奇怪的地方不只是它的大小。」

「嗯？哪裡奇怪？它這種外型或許很少見，可是很可愛吧？」

艾莉絲把核桃放在自己掌心上炫耀，諾多拉德苦笑道：

「我不否認它很可愛，但我說的奇怪不是指外貌。現在沒有人在控制它吧？施術者一般不會讓鍊金生物在離自己這麼遠的地方獨立行動——不對，應該說是辦不到才對。」

鍊金生物離施術者愈遠，同步感官、操控動作跟避免軀體瓦解所需的魔力就愈多，消耗的都是儲存在鍊金生物體內的魔力。

等儲存的魔力歸零，鍊金生物就會毀壞。

諾多拉德的常識認為，鍊金術師不可能事先知道一個人搞不好要去很遠的地方好幾星期，還把鍊金生物交給對方保管。

究竟是覺得在路上瓦解也無所謂，還是有足夠自信讓鍊金生物在這麼長的時間跟距離下不毀壞？

「所以，我想跟妳借來研究一下——」

「不……不可以！我不會把核桃交給你！」

艾莉絲抱緊核桃，避免它落到笑容明顯瘋狂的諾多拉德手上，並往後退開。凱特也往前一步，保護艾莉絲不受威脅。

「諾多先生，店長小姐是信任我們，才會讓我們帶著核桃。我們不能擅自讓它變成你的研究對象。」

「也是。我本來就該等回去之後再問問珊樂莎的意願。」

他大概也不認為兩人會答應自己的請求。

諾多拉德沒有繼續糾纏下去，只是點了點頭，露出微笑。

「那麼，我們也差不多該出發了。」

「……的確。諾多你就跟在我們後面走吧。」

艾莉絲讓核桃回到背上，懷著對諾多拉德的些許戒心步入森林。

進入森林的第三天。

艾莉絲等人的行程就某方面來說很順利，卻也算進度緩慢。

幸好眾人路上沒遇到多少魔物，不過——

「喔喔！這不是裂縫菇嗎？竟然能看到這麼少見的東西！我看看，裂縫寬三公分，樹的種類是紐克萊，濕氣偏高，周遭的青苔——」

「唔！這個植物是布雷弗凱利歐吧。地下莖的粗度……還滿粗的。會長這麼好是因為土壤嗎？」

「哎呀！水岸邊有群生的梅奧尼迪斯！它的水中花……還沒開。這個季節應該要開花了，是因為長在這裡，週期才會不一樣嗎？」

諾多拉德的調查——就是進度緩慢的原因。

一旦停下腳步，他就可能在該處停留一小時以上。

這讓他們每天都走不了多遠，而艾莉絲跟凱特也是一直默默等他調查完畢。

畢竟報酬是照天數計算，進度延宕並不會害兩人吃虧。

然而這種情況持續整整三天，她們還是不免心急起來。

眾人攜帶的糧食有限，有時在同個地方停留太久，也會遭到魔物攻擊。

打倒來襲的魔物會造成周遭布滿腥臭味，吸引更多魔物前來。即使如此，諾多拉德還是常常不肯離開，想強行帶走他又會多耗費龐大勞力。

這實在很難不讓人心生抱怨——不過，諾多拉德是這份工作的委託人。

「諾多，其實我不太想說這種話，可是你每次調查都花太多時間了吧？你在事前準備的那段期間也有進來森林裡面，應該調查夠了吧——」

諾多拉德在聽到艾莉絲語氣保守的勸說之後，語氣強烈地表示否定。

「我的確是調查過村子附近了，可是這附近的植物分布跟村子附近不一樣啊！我一個當研究學家的人怎麼可能不停下來調查！」

「唔……我是不懂你們研究學家的想法，可是我們的糧食有限。而且你還要在目的地調查一段時間，應該沒多少時間可以浪費吧？」

「對啊。再加上回程也要時間，走這麼慢很可能會不夠吃。」

「經妳們這麼一說……」

兩人的說法相當有道理，使諾多拉德不再反駁。

他再怎麼熱愛研究，也不至於在不吃不喝的情況下進行自己的研究。更何況還有艾莉絲跟凱特跟在旁邊。

「……我也不能害妳們陪我一起喝雜草湯。」

「原來你會去吃雜草？」

「有時候研究到沒東西吃就會吃。其實沒有想像中難下嚥喔。」

「不要研究到拿命去開玩笑啦！而且我們的目的地附近沒有半根雜草可以給你吃！」

諾多拉德理所當然的語氣讓艾莉絲不禁吶喊。

「……這該不會跟你從剛才就一直在調查植物有關吧？記得諾多先生不是魔物研究學家嗎？」

「是有點關係。其實我想研究蟲跟植物更勝過魔物。」

「嗯？那你就去研究啊。」

「如果可以靠研究蟲跟植物吃飯，我就不用這麼拚命了。我自己也沒辦法只靠吃雜草維生……而且，妳們覺得會有人願意資助跟蟲有關的研究嗎？」

「……應該沒人想資助。」

凱特在短暫思考之後搖搖頭，諾多拉德也露出苦笑，聳了聳肩。

「對吧？再加上植物方面的研究也幾乎不可能贏過鍊金術師，很難藉著研究植物賺錢。所以我只能當成興趣，趁研究魔物的時候順便調查一下。」

凱特雖然心想「花這麼多時間已經不算順便了吧」，但還是不得不認同諾多拉德的說法。植物跟蟲在用途方面的研究——也就是能賺錢的研究，已經有很多鍊金術師捷足先登了。

相對的，生態就沒多少人會研究，卻也很難從中獲利。

研究魔物可以領獎金，是因為國家認為那些研究成果可以保護人民安全。因此，跟蟲和植物有關的研究幾乎不可能通過國家審核。

「能賺錢的研究……那研究植物的栽培方法呢？如果研究出特殊的栽培方法，讓一般人也能種植原本只有鍊金術師才會種的植物，應該可以賺不少錢吧？」

諾多拉德一聽到艾莉絲的提議就停下腳步，陷入沉思。這對一心只想著用研究論文換錢的他來說，是一種完全意想不到的觀點。

「藥草……讓一般人也能栽培藥草，是嗎……？」

「可是，我自己種藥草來賣，也賺不了多少錢……喔，所以妳才說是『研究出特殊的栽培方法』啊。」

諾多拉德雙手環胸，開始低聲自言自語。艾莉絲跟凱特看到他這副模樣也一起默默停在原地等他，希望他仔細想過以後能減緩這趟行程的壓力。

「也就是說，我只要僱用一些人幫我栽培藥草，我就可以專心處理自己的研究，不用花時間做其他事情？而且可以創造穩定的資金來源，不會等到寫完論文才有錢？——嗯，這主意不錯！我都沒想過可以這麼做！謝謝妳，艾莉絲！妳真是個天才！」

諾多拉德迅速抬起頭，帶著滿面笑容抓住艾莉絲的手，跟她大力握手。

「啊，那個，我先說，我不認為會有多簡單喔。畢竟沒有人試過——不對，是不確定有沒有人試過，可是沒有多少人會想做這種研究，應該就表示……」

「我知道一定不容易！不過，我有長年純粹基於興趣累積下來的研究成果，可以幫助我研發新的栽培方法。要是這次調查火蜥蜴有通過審核，一定能拿到很多獎金。我到時候會用那筆獎金來研發看看！」

諾多拉德緊握著艾莉絲的手，雙眼滿是幹勁，一直到艾莉絲很困惑地往後退開，他才緩緩把手鬆開。

「這……這樣啊。你加油。那你就得努力調查火蜥蜴，寫出有用的論文來賺錢了吧？」

「是啊！那我們快走吧！」

自從諾多拉德的注意力轉移到藥草栽培上，三人前進的速度就比先前快上許多。

行程延宕好幾天的一行人一口氣趕回原本的進度，抵達火蜥蜴棲息的那座山的時間跟先前預估的差不了多少。不過，諾多拉德的步伐卻隨著周遭氣溫逐漸升高而變慢。

他當然有穿防熱裝備，但他不像艾莉絲跟凱特那樣覺得很涼快，熱到一路上擦了好幾次汗水。

「呼，這裡有點熱……妳們的裝備可以耐熱到什麼程度？」

「記得店長小姐說可以踩在岩漿裡面幾秒鐘，是嗎？」

「嗯。好像還說一樣要小心不要讓沒有裝備防護的部位碰到岩漿？」

「這……耐熱的程度比我想像得還要好呢。」

艾莉絲她們的回答令諾多拉德瞠目結舌。不過，她們的裝備是珊樂莎不顧成本，以安全性為第一優先來打造的，本來就比較特別。

她們的防熱裝備最主要的目的是避免穿戴者被火蜥蜴噴出的高溫火焰燒死，跟一般防熱裝備的品質截然不同。

其耐熱程度足以讓穿戴者在岩漿旁邊展開激戰，而通常根本不會有機會用到效果這麼好的裝備。

當然，正常情況下艾莉絲跟凱特不可能買得起這套防熱裝備，然而珊樂莎並沒有詳細說明它的價格，直接當成兩人幫她做事的酬勞。

「可是，既然你要來調查火蜥蜴，你的防熱裝備應該也還不錯吧？」

「真的就只是還不錯而已。我是直接買商店裡的成品，差不多是勉強可以待在岩漿旁邊的等級。踩進岩漿裡面還是會沒命。」

一般鍊金術店賣的防熱裝備頂多讓人可以在熔岩蜥蜴的棲息地行走，到了火蜥蜴棲息地這種極端高溫的地方，就會變成「至少不會馬上被熱死」而已，非常難進行長時間的走動或戰鬥。

諾多拉德的防熱裝備也是出自技巧高超的鍊金術師之手，但是標準規格跟客製化裝備的功能差異還是相當明顯。

「反正我也不打算走進岩漿裡面，沒關係。而且我體力也很好。」

「真的沒問題嗎？火蜥蜴的棲息地連我們穿著這身裝備都會熱到不太舒服……」

「是嗎？我上次頂多就是汗如雨下，偶爾脫水到會頭暈，還有每天會差點失去意識至少一次而已。」

他說的句句屬實。若沒有其他採集家在一旁護衛，諾多拉德或許已經在上一個調查地點因為脫水或中暑喪命。

他這種古怪行徑，也是他愈來愈不容易找到人擔任護衛的原因。

「所以，妳們放心吧。我有鍛鍊過。」

諾多拉德炫耀起自己的肌肉。不過，一般人當然不可能聽到他這麼說，還會覺得不需要擔心。

「不，這教人怎麼放心啊！」

「諾多先生看起來的確有鍛鍊過身體，但是那種高溫環境不是靠著強健體魄就能克服的……」

「唔～可是我上次就撐過去了啊。」

那單純只是他運氣好。

脫水跟中暑並不是能藉著肌肉克服的小事。

熱到出現症狀需要做的是補充水分跟鹽分，而不是相信自己的肌肉。

「虧你這樣還能活到現在耶。幸好我們帶來的水夠多……」

艾莉絲跟凱特在上次來到這座山時，就知道山腳有水源。雖然一行人已經在那裡將水袋裝滿，然而他們的目的地異常高溫，諾多拉德目前的狀態也稱不上完美。

「接下來的路上應該都沒有水源了吧？」

「其實有溫水，只是不知道能不能喝。諾多，你有辦法調查出水能不能飲用嗎？」

「單論能不能的話，當然是能。但也別太期待這裡的水真的能喝。」

這座山上很多由熱水造成的泥淖，當然也存在許多湧泉。不過，就算先不論這裡的水溫很高，能當成飲用水的可能性還是很低。

大多湧泉光用看的就知道無法飲用，而諾多拉德也曾親身體驗過看起來很乾淨的水，不一定真的能喝。

喝完會腹瀉算還好，危險一點的甚至會喪命。

喝的量少，或許還不會出大問題。可是仍然應該避免長期飲用。

順帶一提，諾多拉德上一次能夠平安保住一命，是多虧護衛的奮力搶救，以及附近剛好有能夠飲用的冷泉。

「反正，應該不會怎麼樣啦。我上一次也平安活下來了。」

諾多拉德毫無根據的樂觀話語，使得艾莉絲跟凱特同時嘆了口氣。

兩人雖然有不好的預感，卻也只能乖乖執行這份工作，跟著重新踏出步伐的諾多拉德繼續向前走。

◇ ◇ ◇

諾多拉德在抵達熔岩蜥蜴棲息地之後，就很有幹勁地一手拿著筆記本，開始展開調查。他一下觀察周遭，一下測量泥淖的溫度，又或是用鍊器檢測氣體。

擔任護衛的艾莉絲跟凱特就站在附近，而這次就跟上次前來的時候一樣，不會受到熔岩蜥蜴主動攻擊。

如果這附近有地獄焰灰熊，或許還會比較危險。珊樂莎打倒火蜥蜴已經是好一陣子以前的事情了，艾莉絲卻不見附近生態系有出現任何變化。

「嗯、嗯，這裡果然沒有地獄焰灰熊。」

「店長閣下說牠們應該是被趕出去了。也是因為被趕走，牠們才會跑去攻擊村子。」

「我們先不提村子被攻擊這件事，至少熔岩蜥蜴害地獄焰灰熊等魔物被趕出棲息地的情況，似乎不少見。上一個調查地點也是只有熔岩蜥蜴住在火蜥蜴附近。」

「諾多先生，火蜥蜴附近不會有熔岩蜥蜴以外的魔物棲息嗎？」

「唔～應該只能說還需要再調查。我目前還沒看過熔岩蜥蜴以外的魔物在火蜥蜴附近，調查案例也還不夠多。」

「而增加調查的案例，就是研究學家的工作，對吧？」

「是啊。而且不是單純調查火蜥蜴，要連牠附近的環境跟生態都一起仔細調查，才會被認為是有用的調查報告——也就是領到的獎金會變多。」

諾多拉德這番話雖然多少是基於利益，卻也非常重要。艾莉絲心感佩服地說著「原來如此」之後，他又面露微笑接著說：

「我在上一個調查地點沒有餘力調查附近環境——所以，艾莉絲。妳可以活捉一隻熔岩蜥蜴過來嗎？」

「『……什麼？』」

艾莉絲跟凱特一同陷入沉默，也一同表達疑惑。諾多拉德聳了聳肩。

「妳們不會很好奇熔岩蜥蜴為什麼待在沸騰的泥淖裡面，還能活著嗎？」

「……不就只是因為牠是魔物嗎？」

「只用這麼簡單的一句話來解釋，可就做不了研究魔物這一行了。像我就會想盡可能調查出原理，而就算沒辦法找出原理，我也會調查牠最多可以承受多少度的高溫，還有牠被火燒會不會有不同的反應。」

「原來不是單純調查生態而已。」

「是啊。調查報告裡面只寫一些用肉眼就看得出來的事情，也沒有多少價值。而且雖然有些魔物特徵已經廣為人知，也還是要親自透過實驗來驗證，不能假設會得出一樣的結果。」

諾多拉德這番話相當合理，某方面上甚至可說是研究學家的楷模。

不過，他提出的要求也的確非常無理取鬧。

即使凱特有能力從遠處射穿熔岩蜥蜴的眼睛，仍然無法輕鬆活捉牠。

不對，應該說，能射穿眼睛並沒有意義。

活捉必須仰賴蠻力。

如果不像珊樂莎那樣會使用魔法，就需要大量體力與強大的力氣。

然而，熔岩蜥蜴的身體燙到不能只穿戴一般裝備，否則光是碰到牠，就會燙傷。沒有防熱裝備，甚至無法壓制住熔岩蜥蜴。

「……妳要照做嗎？艾莉絲。」

凱特詢問艾莉絲的意見，艾莉絲面露難色，心不甘情不願地說：

「也只能照做了。他給的酬勞比一般人還要高。而且也不能無視委託人的要求。」

「也是，不可能有輕鬆又好賺的工作。艾莉絲，妳的體能強化派得上用場嗎？」

「不考慮到魔力耗光會動不了的話，可以維持五分鐘左右，可是現在動不了會很不方便。實際上應該只能用兩到三分鐘。那妳的魔法呢？」

「頂多讓地面多少變軟一點而已。」

凱特跟蘿蕾雅在跟珊樂莎學魔法的時候，艾莉絲則是在學習用魔力強化體能。她在魔法以外的領域展現了出人意料的才能，現在的她雖然技術還不夠純熟，但已經可以在短時間內發揮出比強壯男性還要大的力氣。

所以，她們也不是無法捉住熔岩蜥蜴，只是缺乏人手。

「基本上應該只能先壓制住牠，再用繩子綁住……」

「還要想想怎麼製造壓制牠的機會……要利用陷阱嗎？」

「可是，就算我壓制住牠的上半身，牠還是可以甩動尾巴。牠甩尾巴的威力也很強。」

「只靠我一個人應該很難……諾多先生可以來幫忙嗎？」

「能幫得上忙的話，我當然不介意出份力。我是不擅長戰鬥，但我對自己的肌肉很有自信喔。」

他的確很有力氣。

諾多拉德揹著非常多行李仍能正常跟在艾莉絲跟凱特身後，體力跟力氣一定不差。想必對活捉熔岩蜥蜴很有幫助。

因此，凱特也不多加理會一些小事，直接講明她本來希望諾多拉德提供的幫助。

「太好了。不過，我希望你可以順便提供你研究魔物獲得的知識。」

「知識？不是借助我的力氣？那就要用那個了。我活捉魔物的時候都會用一種網子，就用那個吧。那種網子跟一般網子不一樣，應該捉得住熔岩蜥蜴。」

——有那麼好用的東西，一開始就要先講啊。

——原來研究學家不是只要動腦就好嗎？

兩人忍下自己的內心話，開始討論活捉的詳細步驟。

凱特射出的箭射中了熔岩蜥蜴堅硬的頭，遭到彈開。

沒有射傷牠並不成問題。落單的熔岩蜥蜴會以逃走為優先，而不是反擊。

兩人已經親眼見過熔岩蜥蜴這種行動模式好幾次了。

「艾莉絲！牠過去了！」

「知道了！嘿！」

事先埋伏的艾莉絲小力攻擊熔岩蜥蜴，調整牠逃跑的方向。熔岩蜥蜴就這麼被引導到被凱特弄軟的泥巴地，同時也是諾多拉德埋藏網子的地方。

其實開始誘捕之前得先經過一番棘手的工程，也就是必須找到夠鬆懈的落單熔岩蜥蜴，待的位置還要具備能夠調整逃跑方向，以及適合設陷阱等條件。在此不詳加贅述這段過程。

而且有幾次好不容易找到條件符合的熔岩蜥蜴，目標卻在裝設陷阱的途中離開，或是逃跑方向不符預期。這部分也不詳加贅述。

兩人在經歷許多困難之後，才終於成功把熔岩蜥蜴趕進陷阱，接著同時大喊：

「「諾多（先生）！」」

「包在我身上！」

諾多拉德一拉動繩子，原本藏著的網子就隨之彈起，纏住熔岩蜥蜴。

艾莉絲趁機衝到因為受到妨礙而不斷嘗試掙脫的熔岩蜥蜴身上，壓住牠的頭。

「唔！好燙！動作快！」

她的裝備足以承受真正的岩漿散發的高溫，當然也承受得住熔岩蜥蜴的體溫。

但防熱裝備對外露的臉部效果不大，碰到熔岩蜥蜴的身體絕對會燙傷。

艾莉絲一邊注意不被燙傷，一邊努力制伏猛力掙扎的熔岩蜥蜴。然而就算強化了自身力氣，也不改兩者之間相當大的體重差距，讓她仍然會遭到熔岩蜥蜴拖行。

凱特連忙衝上前，試圖用繩子套住熔岩蜥蜴的後腳。不過，熔岩蜥蜴的腳爪非常尖銳，光是不小心被輕輕刮到，就會造成重傷。

「牠……牠連尾巴都好有力啊！」

諾多拉德用抱的壓制住尾巴部分，但熔岩蜥蜴也是拚死命想逃脫。

牠的尾巴不斷大力拍打地面，其力道足以打碎附近地上的岩石。若慘遭直擊，想必連骨頭都會被瞬間敲得粉碎。

「唔唔唔……」

諾多拉德腳踩地面，拚死命穩住身體——

「唔哇！」

他腳步稍有不穩的那一瞬間，立刻被高高甩上天空。

隨後開始往下墜，隨著一聲「磅！」的沉重聲響狠狠撞上了岩石。

「諾多！你還好嗎？」

「我……我沒事……要不是我有鍛鍊出這一身肌肉，大概就沒命了！」

或許該慶幸他不是被尾巴打中，而是被甩出去。

諾多拉德在搖了搖頭之後起身，也一如自身所說的沒有大礙。

而他在吐了口氣之後用力擠出肌肉，也讓艾莉絲眉間冒出青筋。

「那你就趕快用你的肌肉壓制住尾巴！」

熔岩蜥蜴不會對他們構成太大威脅，是因為得以在事先設計好的優勢環境下應付它。一般情況下並不是很容易打倒的魔物。

艾莉絲目前是仰賴體能強化，才勉強能夠壓制住熔岩蜥蜴。萬一效力在途中消失，她很可能就會失去平衡，甚至有生命危險。這種情況下，她的語氣理所當然會變得比較強烈。

「捉不住牠的話，我會直接殺掉牠！——你敢扯後腿也一樣別想活！」

「等……等一下、等一下！我馬上過去！」

艾莉絲出言威脅，準備伸手拔出腰上的劍。這讓諾多拉德連忙站起身，衝去抱住熔岩蜥蜴的尾巴。

「這……這傢伙果然很強！唔！可惡！」

諾多拉德或許是學到了教訓，不再選擇抱住甩動力道過強的尾巴尾端，而是盡可能壓住尾巴的根部。即使是鍛鍊過身體的他，仍會感覺熔岩蜥蜴的力氣大得驚人。

不對，他不像艾莉絲有使用體能強化，純粹是靠著自身力量抓住熔岩蜥蜴的尾巴。他能夠一定程度壓制住熔岩蜥蜴，或許才真的教人意外。

不過，能夠勉強跟熔岩蜥蜴抗衡，也是拜其他兩人的努力所賜。

「牠……牠這麼強勁的力道，說不定就是牠能趕走地獄焰灰熊的關鍵！」

「這麼緊急的時候你還在想研究啊！」

「唔唔唔，如果只是要殺死牠，三兩下就可以解決了！」

「艾莉絲，妳撐著點！再一下子就好了！」

用繩子綁好腳部的凱特接著綁起身體部分，限制熔岩蜥蜴的行動。

然後反覆翻倒牠的身體，讓纏在牠身上的陷阱網變得更難解開。

他們就這麼跟熔岩蜥蜴展開了一場彷彿沒有終點的搏鬥……

最後，熔岩蜥蜴終於被綁到完全無法走動，只能不斷扭動。

「成……成功了！」

「是啊！我們成功了！」

露出耀眼笑容的兩人癱坐在地，互相擊掌。

穿了防熱裝備也無法完全隔絕的熱氣跟這場激戰令她們臉上全是汗水，但知道已經成功活捉熔岩蜥蜴了之後，連汗水的觸感都會讓人清爽起來。

凱特喝下一口水，將水遞給艾莉絲。接著脫下兜帽，擦拭臉上的汗。

她跟一樣在擦汗的艾莉絲四目相交，隨後露出微笑，一起吐了一口氣。

「這次真的好累人。」

「是啊。不過，我們終於——」

「嗯。那，就麻煩妳們再抓個幾隻回來吧。」

「「咦……？」」

兩人的笑容因為難以置信的一句話，瞬間變得僵硬。她們緩緩轉頭看向諾多拉德。

「我需要做對照實驗才能驗證。需要捉好幾隻很正常吧？」

明明自己也耗費了不少勞力，諾多拉德卻用若無其事的笑容說出這番話。

「「…………」」

兩人想起大家花了多少時間才讓熔岩蜥蜴中陷阱，以及剛才那段搏鬥，忍不住雙眼直盯著諾多拉德。他依然不改臉上的笑容。

「諾多先生，你說『再抓個幾隻』，意思是還要再抓不只一隻吧？」

「那當然。只用兩隻做比較，也沒什麼意義。最少要三隻，但是我希望抓個五六隻，才能得到更精準的實驗結果。」

「……諾多，你知道什麼叫做『適可而止』嗎？」

「研究學家的字典裡面不存在那種東西。不過，倒是有『嚴密』這個詞。」

諾多拉德絲毫不感到羞愧，使得艾莉絲跟凱特只能雙眼無神地仰望天空。

兩人面對的考驗並沒有就此結束。

「聽說熔岩蜥蜴會在溫度特別高的泥巴裡面產卵。凱特，妳可以幫忙找找看嗎？」

「你要我去這麼燙的泥巴裡面找？」

「妳不會很好奇牠的蛋為什麼不會變成水煮蛋嗎？」

「就算會好奇，也還是不能貿然接近……」

「我會借妳這把有握把的網子。」

「而且這裡有時候會突然噴出熱泉耶！」

「有防熱裝備就不用怕了吧！應該啦。」

「「…………」」

「妳們知道落單的熔岩蜥蜴被攻擊會逃跑，但是攻擊牠們的群體會被反擊嗎？」

「……嗯，我們聽說過。」

「我們接下來換驗證牠們要幾隻聚在一起才會反擊吧。」

「不不不！被牠們反擊很危險耶！」

「嗯～妳們加油！」

「這……這我們實在沒辦法幫你……」

「我還想順便驗證個體之間的距離要多近，才會算是群體。」

「「…………」」

「對了，我還需要調查火焰石。抱歉，艾莉絲，就麻煩妳盡量多撿一些了。」

「大部分火焰石都被熔岩蜥蜴吃掉了，你竟然要我撿！」

「沒問題。妳看，那邊的熱泉出水口附近還滿多的喔。」

「可是，就算勉強能承受熱泉的高溫，也還可能有很危險的毒氣──」

「我這裡有可以偵測有毒氣體的鍊器喔。」

「「…………」」

◇◇◇

「……終於要開始調查這次的目標了。」

「是啊……真的是『終於』要開始了。」

經過漫長痛苦歷程的兩人實在無法不百感交集地說出這番話。

她們這幾天親身體會到為什麼會沒有採集家願意擔任諾多拉德的護衛，以及諾多拉德為什麼會支付遠遠超出一般護衛費用的高額酬勞。

語氣聽得出精神很疲累的兩人順著洞窟裡往下的路，走往火蜥蜴的巢穴。跟在她們身後的諾多拉德反而腳步相當輕快。

他右手拿著照明用的鍊器，左手拖著好幾隻被綁得無法動彈的熔岩蜥蜴。

臉上還浮現非常高興的笑容。

這也難怪。他在上一次調查地點想做的調查跟實驗全被擔任護衛的採集家拒絕，但這次在艾莉絲跟凱特的千辛萬苦之下得以全數實現。

「啊～太好了。剩下需要妳們做的事情都很輕鬆了！」

「……真的嗎？是真的嗎？明明接下來才準備調查這趟行程的主要目標耶？」

「當然是真的！調查本來就是事前準備比較重要。別擔心！」

諾多拉德笑得很愉快，並豎起拇指。

先前各種無理取鬧的要求已經讓艾莉絲無法老實相信諾多拉德，然而其實就算她們拒絕，諾多拉德也不打算逼她們非做不可。

不過，他也不否認自己對即使嘴上抱怨，卻也仍然努力完成工作的兩人所提出的要求稍嫌過火，正在反省自己的確有點太超過了——他很難得會有這種想法。

換句話說，就是他的要求的確強人所難到連他這樣的人都會過意不去。

艾莉絲跟凱特從小接受良好的家庭教育，個性又很正經，反而讓她們在這趟護衛行程中吃了不少虧。相對的，在諾多拉德眼中就是運氣好遇到願意全力協助的幫手。

「這畢竟是有酬勞可以領的工作，我們會盡力而為……」

「可是我們終究只是一般人，不像店長小姐那麼厲害。」

珊樂莎聽到她們這麼說，一定會回答「我也是一般人啊！」——即使沒多少人會同意她這種說法。而且很可惜，現在在這裡的三人當中不會有人替她辯護。

「哈哈哈，等我們順利調查完，我會再額外多付點酬勞給妳們，就麻煩妳們再撐一下了。」

「唔。一般我是會拒絕做不包含在契約內的事情，不過……」

兩人一直到途中都還覺得這次擔任護衛是「日薪高的輕鬆工作」，甚至有點過意不去。但自從進到熔岩蜥蜴的棲息地以後，她們就頻頻面對強人所難的要求，彷彿得同時承擔前面幾天工作量過小的代價。

她們不斷處理應當領到高額日薪——不對，是連領高額日薪都會吃虧的工作，帶給兩人龐大的精神損耗與體力上的負擔。

「老實說，要不是有核桃在，我已經想動手殺掉諾多了。」

「就是說啊。」

「嘎嗚？」

在艾莉絲背上的核桃一聽到自己的名字就歪起頭來，顯得很疑惑。

核桃不會主動安慰艾莉絲跟凱特，但是它的毛絨絨觸感療癒了兩人疲累的心靈。

即使想動手殺掉諾多拉德只是玩笑話，艾莉絲跟凱特也的確是多虧有核桃的存在，才能耐心處理完諾多為了實驗提出的所有要求，沒有在中途放棄。

兩人看著諾多拉德的視線意外銳利，使得他開始流起冷汗。

「那……那我還真得感謝珊樂莎做了那隻鍊金生物呢！」

「也別忘了感謝核桃——喔，到了。這裡就是之前有火蜥蜴的地方。」

眾人抵達了洞窟最底部的炎熱空間，眼前充斥著刺眼的火熱岩漿。

沒有穿戴防熱裝備甚至難以抵達的這個地方，彷彿根本不歡迎人類前來。

諾多拉德在環視四周一遍之後攤開雙手，高興喊道：

「太棒了。這是很典型的火蜥蜴巢穴！」

「畢竟之前真的有火蜥蜴在這裡。看起來……好像沒什麼變。」

唯一的變化是這次沒有火蜥蜴待在巢穴裡。

「嗯，剛好很適合做實驗。那事不宜遲——」

諾多拉德把手上的照明鍊器放到地上，拖著熔岩蜥蜴走到岩漿旁邊，並把其中一隻的尾巴泡進岩漿裡。這可說是相當殘忍的虐待動物行徑。

熔岩蜥蜴痛得不斷扭動身軀抵抗，卻遭到諾多拉德用力壓制……並在不久後將尾巴拉出岩漿。

「看來短時間泡在岩漿裡不會怎麼樣。真不愧是『類火蜥蜴』。」

「……呃，諾多，你這是在做什麼？」

諾多拉德有點開心的模樣讓艾莉絲的神情稍稍抽搐起來，並開口詢問意圖。諾多拉德若無其事地回答：

「這是在實驗熔岩蜥蜴能不能承受岩漿的高溫啊。」

「可是，牠只是名字裡有熔岩而已，沒辦法真的在岩漿裡面活下來吧？」

至少艾莉絲曾聽珊樂莎這麼說過。

「我也知道牠不能在岩漿裡活動，但我沒有親眼見證過這個事實。研究論文裡面寫『某某書上是這樣寫的』，不是很難看嗎？」

「所以你才要自己實驗嗎？」

「畢竟內容沒有實際驗證過的研究論文，說穿了就只是長篇大論的妄想罷了。」

諾多拉德再次把尾巴泡進岩漿裡。他逐步增加每一次的浸泡時間，等尾巴被泡成黑炭的時候，熔岩蜥蜴掙扎的力道也已經虛弱了不少。

「牠比我預料的還要更耐熱……好，再來換試試看下半身的耐熱程度吧！」

諾多拉德一說完這番毫不留情的話，就把半隻熔岩蜥蜴都泡進岩漿裡。這使得熔岩蜥蜴又開始大力掙扎，卻仍然因為被壓在地上而難以動彈。

「沒辦法在岩漿裡待太久，又能在岩漿裡活動肢體……為什麼會這樣？」

「「………」」

眼前這場不斷上演的冷酷實驗就算想形容得保守一點，也只能說是在虐待動物——不對，是虐待魔物。

完全就跟拷問沒有兩樣。

熔岩蜥蜴意外可愛的圓圓雙眼看起來就像在哭訴「要殺我不如殺得痛快點吧！」，讓艾莉絲跟凱特感到良心不安，稍稍撇開了視線。

撇開視線之後映入眼簾的，是其他用來做對照實驗的熔岩蜥蜴。

即使成功逃脫的可能性極為渺茫，被綁到無法動彈的牠們依然不斷扭動，嘗試掙脫束縛。這幅景象令兩人不禁泛淚。

但她們一想起先前吃了很多苦才成功捉住這些熔岩蜥蜴，就絲毫不會冒出想放走牠們的想法，甚至連泛出的淚水都會瞬間縮回去。

如果是一般的動物倒還可能心軟，可是她們今天抓來的是魔物。

反而是好不容易抓到好幾隻熔岩蜥蜴卻沒辦法帶點東西回去賣，只能眼睜睜看著牠們被諾多拉德浪費掉，還比較讓兩人心痛。

「——嗯，應該先這樣就夠了。」

由於實驗過程會讓看的人心裡很複雜，所以艾莉絲跟凱特在聽到這句話後，也稍稍鬆了口氣。

下一瞬間，才剛心滿意足地點了點頭的諾多拉德就把近乎遍體鱗傷的熔岩蜥蜴像是當成垃圾一樣踹進岩漿裡。

束縛熔岩蜥蜴的繩子無法承受岩漿的高溫燃燒，很快就讓熔岩蜥蜴重獲自由。然而，這段自由時光非常短暫。

拚死命掙扎的熔岩蜥蜴在不久後全身著火，緩緩沒入岩漿當中。

諾多拉德很冷靜地將這段過程看進眼裡，並在手上的筆記本裡寫下實驗結果。

「「…………」」

他的做法非常殘忍。不過，艾莉絲跟凱特也知道沒道理幫魔物進行治療——

「好，接下來再拿另一隻來做對照實驗。」

艾莉絲跟凱特看到諾多拉德一說完就若無其事地對下一隻熔岩蜥蜴伸手，不禁同時轉身背對準備開始的下一場實驗。

「讓妳們久等了！啊～這次實驗真是大豐收！而且還有新發現。」

「……那真是太好了。」

「是啊，太好了……我比較慶幸實驗終於告一段落了。」

熔岩蜥蜴的嘴巴也被用繩子綁住，是不至於聽到牠發出撕心裂肺的哀號，但是兩人看到諾多拉德燦爛的笑容，還是難掩湧上心頭的複雜情緒。

「看來我們沒有當研究學家的資質。」

「只是要打死魔物的話，還沒什麼問題……」

艾莉絲跟凱特在打倒魔物之後也會剝牠們的皮，或按照部位肢解成好幾個部分，假如眼球可以當成材料，也會挖出魔物的眼睛。她們做的事情也很血腥，卻還是不太忍心看到魔物遭到如此對待，或許也代表採集家跟研究學家的行事作風略有不同。

「我也不是以做實驗取樂，只是希望我的研究成果可以盡可能減少有人被魔物殺死的情形。」

艾莉絲跟凱特從諾多拉德的苦笑當中察覺自己的語氣明顯透露出厭惡，在尷尬地面面相覷之後低頭道歉。

「這……你說得有道理。抱歉。明明我們拿來參考採集知識的書也是有人冒險調查再出成書，採集家才能安全收集那些採集物。」

「……說得也是。諾多先生，對不起。」

「哈哈哈，別在意。一般人本來就很難理解研究學家的想法。我自己也知道大多人會覺得我很古怪。」

即使知道自己做的事情有點殘忍，他也已經麻痺到只要能得出前所未見的實驗結果，就會忍不住笑得很開心。

諾多拉德這樣的態度在別人眼中，就像是一個以虐待魔物為樂的怪人。而他知道別人會這麼看待他，卻也不打算停止這樣的行為，想必思維還是多少跟一般人不同。

「好了！先回來做正事吧。現在搞定前菜，該準備上主菜了。」

諾多拉德拍拍雙手，試圖改變眾人之間難以言喻的氛圍。艾莉絲雖然很配合地露出笑容，也還是不忘詢問話中的不對勁之處。

「你的前菜有點豐盛過頭了吧？」

艾莉絲會有這樣的疑問相當合理，因為他們已經耗費了好幾天時間調查只是棲息在火蜥蜴附近的熔岩蜥蜴。

諾多拉德揮揮手指說著「嘖嘖嘖」，嘴角也隨之上揚。

「前菜隨便弄的話，主菜再豪華也沒用。要前菜到甜點都做得非常用心，才有辦法拿到獎金。」

「哦，原來還要符合這種條件啊……」

「也不是說要符合條件，是只做自己想做的研究，本來就領不到獎金。知道國家想要拿到什麼樣的資料才是重點。」

諾多拉德說得很輕鬆，然而實際上並沒有這麼簡單。

國家會提供獎金，就代表其中一定暗藏著某種目的，若每個人都能提交符合國家目的的研究結果，領得到獎金的人數一定比現在更多。

從諾多拉德每次都能夠領到獎金這點來看，就能知道他有多麼優秀——至少論研究這方面是如此。

「記得我應該放在這裡……找到了、找到了。」

諾多拉德一邊跟兩人對談，一邊翻找自己的行李，最後拿出比掌心稍大的箱型物體，直直凝視著它。

「諾多先生，那是什麼？」

「這是檢測周遭魔力的檢測器。而且這是連屬性都偵測得出來的高級貨。不過……為什麼會偏水屬性？這裡應該只可能是火屬性……該不會壞了吧？」

諾多拉德皺著眉頭甩動檢測器，上頭顯示的數值並沒有變化。

「火屬性的數值很高，這附近的魔力量也多得很誇張，可是……」
「啊，說不定是因為我們上次在這裡戰鬥。」
艾莉絲想起可能造成這種現象的原因，讓諾多拉德狐疑地抬起頭。
「妳說是因為在這裡戰鬥？是跟火蜥蜴嗎？」
「嗯，當時店長閣下用了很強的冰屬性魔法。對吧？凱特。」
「是啊，威力真的很強。當時這附近全都結冰了。」
諾多拉德驚訝得睜大雙眼，在看了看周遭之後指向岩漿。
「……連那邊的岩漿都結冰了嗎？」
「對，連岩漿都結冰了。」
他再次仔細凝視岩漿，然後深深嘆了口氣。
「太超乎常軌了。真不愧是會被大師級鍊金術師收為徒弟的人。」
「有那麼誇張嗎？——啊，不對，我當然知道店長閣下很厲害，可是……」
「就是有我說的這麼誇張。火蜥蜴的確比較怕冰屬性魔法，但不適合用在溫度這麼高的地方。在這種環境下還能讓整個空間結冰，甚至凍住這些岩漿，真是太扯了。我就用簡單一句話來形容吧，她真的很不尋常。」
諾多拉德的語氣聽得出他相當難以置信，使得艾莉絲跟凱特不禁看向彼此。

洛采家的確是貴族，但是領地內只有離大都市非常遙遠的小村落。

來自那種環境的艾莉絲跟凱特說穿了，就是見識不夠廣泛的鄉下人。

兩人透過採集家這份工作獲得新的經驗與知識，增廣了自己的見聞，卻也不怎麼有機會親眼看見魔法。鍊金術也是一樣的道理，導致她們會認為珊樂莎是一般標準。

「店長閣下真的有你說的那麼不尋常？原來不是比較強的魔法師，就能像她那麼強嗎？」

「對。她是實質上的首席畢業生，單以同個年齡層的人來說，她應該是全國最頂尖的菁英——至少論綜合實力沒有人比得過她。」

若只論劍術、魔法，或某種單一領域的知識，就很難說了。

有些跟珊樂莎同齡的人在某些領域的實力，或許會比她更強。不過，要在各個領域都擁有驚人實力，可說是難如登天。

再加上這樣的天才不可能不會就讀只要成功畢業，就保證可以獲得崇高社會地位的鍊金術師培育學校。而培育出這樣的優秀人才，也是學校最主要的目的。

簡單來說，能在鍊金術師培育學校裡以第一名成績畢業，就等於是同年齡層當中最優秀的菁英。

「我猜珊樂莎搞不好是十年才會出現一個的超級菁英。畢竟她能讓大師級的鍊金術師願意收她當徒弟，一定很搶手。」

「原來她這麼厲害……」

諾多拉德個性雖然古怪，也仍然同時是擁有豐富學識的研究學家。由他來點出珊樂莎的優秀程度更能突顯她的不尋常，讓凱特不禁瞠目結舌，同時也心感佩服地吐出了一口氣。

「我反倒很好奇她怎麼會待在這種鄉下地方……妳們知道是為什麼嗎？」

「知道是知道……但我不會告訴你。我不喜歡亂聊別人的私事。」

艾莉絲緊緊閉起自己的嘴，但諾多拉德並不在乎遭到拒絕，只是微微點了點頭，說：

「嗯，我也不會逼妳們告訴我。我只是有點好奇而已，不打算探聽女生的祕密──總之，珊樂莎做的事情就是這麼跳脫常識，一般人沒辦法像她那麼厲害。」

「我們也認為她很厲害……對了，一般都是用什麼方法打倒火蜥蜴？」

「首先要把火蜥蜴引到巢穴外面。這是最基本的。畢竟就算有穿防熱裝備，在這種對火蜥蜴來說很舒適的地方戰鬥，還是會讓體力吃不消。在巢穴裡戰鬥不可能是好主意，對吧？而且有個還沒經過仔細驗證的說法指出火蜥蜴光是進到岩漿裡面，就能療傷。」

「引到巢穴外面……聽你這麼說是滿有道理的，可是，那店長小姐又為什麼要在巢穴裡面打火蜥蜴……？」

「因為只有三個人很難打倒牠。打火蜥蜴需要很多人輪流上陣，才不會半途累倒。這才是一般人打倒火蜥蜴的方法。」

洞窟入口附近的氣溫一樣很高，但仍然遠遠不及岩漿周遭的溫度。哪一種環境比較適合戰鬥，並不難分辨。

冰屬性魔法也是同理，凍結岩漿跟岩漿周遭的高溫空間，是種效率奇低的做法。

「而且，妳們怎麼會只有三個人來打火蜥蜴？珊樂莎應該也知道人數這麼少的風險很高才對啊。」

諾多拉德會懷抱這樣的疑問並不奇怪，卻會讓艾莉絲聽得很愧疚。她皺起眉頭，表情垮了下來。

「……我不能告訴你詳情，但是她應該是想幫我，才會冒險。」

找其他幫手需要時間，還得花費大量成本幫每一個人製作防熱裝備，再加上人數一多，分到的酬勞也會變少。

珊樂莎是考慮到這幾個因素，以及自己甘願為幫助艾莉絲冒多大的風險，才會決定只帶艾莉絲跟凱特前來打倒火蜥蜴。

而需要打倒火蜥蜴的最根本原因和洛采家的醜聞有關，艾莉絲只能選擇含糊其辭。

「是喔？算了，無所謂。反正要不是有妳們先打倒火蜥蜴，我也沒機會來這麼棒的環境做實驗。我還應該感謝妳們呢。」

諾多拉德藉著兩人的說法掌握了大致上的來龍去脈。而他並不怎麼關心跟研究無關的事情，所以也不會多追究這整件事的細節。

他對打造出眼前這片環境的珊樂莎心存感激，同時開始動手準備調查工具。

「啊，接下來會有點花時間，妳們先休息吧。」

「是嗎？那我們就先休息一下……可是，這裡已經沒有火蜥蜴了，調查這裡還有什麼意義嗎？」

「艾莉絲，其實沒有火蜥蜴反而更好喔。我如果只想調查火蜥蜴，直接去有火蜥蜴的地方就好。不過，想調查棲息地的話，有火蜥蜴在場反而不方便。因為不只很危險，要打倒牠的難度也很高。」

他補充說明這裡的火蜥蜴被驅除的時間還不算長，也不會在調查棲息地的時候遭遇危險，是個很寶貴的樣本。

「所以，要麻煩妳們等我一陣子了。」

諾多拉德已經調查了整整三天。

他渾身汗如雨下，同時看得出他的神情充滿活力。

——但也讓艾莉絲跟凱特度過了無聊至極的一段時光。

如果諾多拉德的調查多少能引起兩人興趣，或許還不至於如此。然而，他這段時間做的調查工作都很單調。

乍看就像是在重複做一樣的事情，在旁人眼裡一點都不會顯得有趣。

兩人完全是因為光站著就有一天二十枚的金幣可以拿，才能在這樣的炎熱環境下撐過長達三天的無聊時間。不過，她們的忍耐似乎也快到極限了。艾莉絲語氣厭倦地向背對著她做調查的諾多拉德說：

「喂，諾多。你要調查到什麼時候啊？」

「……喔，抱歉。接下來就是最後一個實驗了，再等我一下。」

諾多拉德回應得有些心不在焉，同時把一個黑色的箱子放到地上。

箱子每一邊約三十公分，表層有三根手指粗的隙縫。

他往箱子裡倒入某種發出清脆聲響的物體，隨後箱子開始響起轟轟聲。

跟諾多拉德之間有點距離的艾莉絲跟凱特對他發出的聲響感到好奇，便走上前探出身子，觀察他的手邊。

「那個……該不會是冰牙蝙蝠的牙齒吧？」

「嗯。其實也可以用碎魔晶石，只是我之前運氣好，剛好遇到有人用很划算的價格在賣這些牙齒，就買來用了。」

「……哦，那你運氣還真好。」

艾莉絲跟凱特很清楚冰牙蝙蝠為什麼會賣得很便宜，但是諾多拉德買的量多到讓人認為就算再怎麼便宜，也買太多了。

一般人絕對沒辦法出手這麼闊氣——然而諾多拉德卻用很粗魯的動作抓起那些牙齒，大把大把地放進箱子裡。

凱特一想到他每一次抓起來的牙齒值多少錢，就忍不住嘆氣。於是她為了轉移注意力，又接著問：

「你現在在做什麼？」

「這種鍊器可以增加周遭的魔力。它要透過類似這些牙齒的原料才能運轉。」

凱特本來想要詢問這麼做的目的，卻只問到他手邊的鍊器具有什麼樣的效果。

即使是研究學家，也不會認為「增加周遭的魔力」就是他的目的。重點在於「希望藉由增加魔力得到什麼樣的結果」。

不過，諾多拉德沒有多做別的說明，而是專心用檢測器測量魔力量，再把數值記錄到手上的筆記本裡。

「——水屬性提升，魔力量也有增加。單看魔力量，感覺有可能會發生什麼變化……什麼都沒發生。是還不夠嗎？」

諾多拉德接著拿出艾莉絲跟凱特努力收集來的火焰石。

然後毫不猶豫地把裝在袋子裡的火焰石全部倒進箱子。

掉進黑色箱子裡的火焰石發出「喀啦、喀啦」的聲音，轟轟聲也逐漸變大。

艾莉絲跟凱特一想到那些在轉眼間被消耗掉的火焰石值多少錢，就忍不住暈眩起來。絲毫不在意自己消耗的材料值多少錢的諾多拉德再次確認檢測器上的數值。

「水稍微下降，火增加。魔力量應該……很足夠。」

「諾多！你想做什麼！」

忽然感到強烈不安的艾莉絲以不輸黑箱子的巨大音量如此詢問，隨後諾多拉德也回過頭來，一樣用喊的回答：

「我在確認火蜥蜴出現的條件！有時候驅除掉巢穴裡的火蜥蜴，會在同一個地方或是附近再出現新的火蜥蜴。我推測這種現象可能有很大部分是受到魔力量的影響！」

黑色箱子發出的聲音在不久後停止，現場重返寂靜。

這使得艾莉絲跟凱特就算只是低聲細語，聽起來也相當響亮。

「魔力量……再出現……？」

「什麼意思……？」

「水屬性比我預料的還要強。火焰石太少應該也是原因之一……看來我只能用那個了。」

諾多拉德大概是不打算多做說明，直接再次伸手翻找自己的行李。

接著，他拿出了幾片紅色鱗片。

跟手掌差不多大，還散發著紅色透亮光芒的鱗片非常漂亮。但是艾莉絲跟凱特比較在意的是那些鱗片看起來有點眼熟。

「那……那些鱗片，該不會……」

凱特完全不覺得用那些鱗片會有好的結果。

她一邊祈禱只是自己會錯意，一邊用顫抖的聲音提心吊膽地詢問。而事實當然是違背了她的期望。

「嗯，這是火蜥蜴的鱗片。這些鱗片很花錢，我其實不是很想用。」

「等——」

「但是我也只能用下去了。我丟。」

諾多拉德甚至不讓人有時間阻止。

鱗片掉進箱子縫隙的同時，轟轟聲也再次響起。

這陣巨響比剛才還要更大聲，連箱子都開始不斷晃動。

「呃，喂！它晃成這樣是正常現象嗎？」

「應該沒什麼問題。妳看，火屬性的數值有正常增加。」

諾多拉德若無其事地把檢測器拿給艾莉絲看，然而她現在根本不在乎上頭的數字。

「不，我不是說檢測器的數字！我是說這個鍊器！它不會壞掉嗎？」

「用不著擔心。這是我最近才在南斯托拉格買的，不會這麼快壞掉。」

「南斯托拉格……是跟雷奧諾拉小姐買的嗎？」

「不是，是其他店。我在來這裡之前有先去看看，可是那間店已經倒了。不知道是不是生意不好？」

「「…………」」

絕對會出事。

艾莉絲跟凱特不需要開口討論，就同時冒出了相同的想法。

如果珊樂莎在場，她一定也會非常認同兩人的猜測。

黑色的箱子一如她們所料，震動程度愈來愈劇烈。

把蘊含火蜥蜴魔力的物體放進箱子裡——

萬一失控了，天知道會發生什麼事。

這份恐懼讓艾莉絲跟凱特往後踏出一步、兩步……不斷往後退。

鏗鏗、磅磅。

喀！喀！喀喀！

箱子開始發出有什麼東西堵住的聲響——

砰！

箱子最上面的板子往上噴飛，最後掉落地面，發出匡啷聲響。

隨後，箱子上面開始散發出紅色的光芒跟閃亮的物體。

這讓諾多拉德有點疑惑。

「……哎呀？」

「呃，喂！真的不會怎樣嗎？」

艾莉絲為沒有發生大事稍稍鬆了口氣，可是箱子的反應完全不像正常現象，實在沒辦法教人放心。

「喔，嗯，沒問題。這裡的魔力量有正常增加，火屬性的數值也超出了我原本的預期——」

明明事態緊急，諾多拉德卻仍然很悠哉地看著檢測器。艾莉絲衝上前質問。

「我不是說那個！你的鍊器壞了，還有什麼奇怪的東西漏出來耶！」

「應該不會對人體有立即性的影響吧？」

「——立即性？」

「應該吧？」

艾莉絲跟凱特察覺到諾多拉德話中的不對勁，狠狠瞪向他。

兩人散發出的壓迫感，使得諾多拉德不禁連忙揮手否認。

「沒事！真的不會有問題！它釋放的都只是單純的魔力！對魔力特別沒有抗性的人可能會覺得不舒服，可是對一般人不會有任何影響！」

魔力量偏少或一直沒有機會接觸魔力的人忽然進入充滿大量魔力的環境，就會產生暈魔力的症狀，可能會造成當事人出現不舒服或是類似酒醉的現象，有時甚至可能會失去意識。

雖然不會留下後遺症，但要是在無法保證絕對安全的地方出現這些症狀，就會存在暈魔力以外的風險。

幸好兩人都擁有一定程度的魔力，以及魔力抗性。

「這樣啊。」

「那你早說不就好了嗎？」

艾莉絲跟凱特得知不會對她們造成任何影響，才終於鬆了口氣。

而且這個空間裡的魔力量已經大幅上升了一段時間，若真的會不舒服，應該已經出現症狀了。

「那，你那個壞掉的鍊器不會怎麼樣嗎？你剛才還說數值超出原本預期。」

「喔，嗯，不會怎麼樣。我當然覺得它壞掉很可惜，但它至少有做到該做的工作，應該不會影響到這次實驗。」

「詳細情況呢？你剛剛還有提到魔力跟屬性吧？」

諾多拉德臉上浮現了笑容，開始得意洋洋地講述詳情。

他或許是很高興有機會表達自己的想法。

「依據以往的研究結果來看，魔物會產生在魔力量很高的地方應該是正確的推論，可是我還沒有親眼見證過。因為魔力很快就會散掉，再加上就算知道『哪些區域容易產生魔物』，也不等於我能知道『產生魔物的源頭』。」

「……哦？」

「不過，火蜥蜴願意築巢的條件很有限。所以我推測牠產生的條件也一樣麻煩。」

他這番話再次讓兩人浮現不好的預感。

又一次冒出相同想法的艾莉絲跟凱特不禁表情抽搐，面面相覷。

而這次也一樣不出她們所料。

原本很平靜，頂多只有小小起伏的岩漿——

忽然開始不斷冒泡，情況相當不對勁。

「喔喔，太驚人了！魔力濃度正在驟降——」

「你怎麼還有心情說這個啊！這怎麼看都很危險吧！」

艾莉絲朝開心看著檢測器的諾多拉德大喊，然而他並沒有放在心上，仍然在交互看著檢測器跟冒泡的岩漿。

接著，岩漿表面瞬間大幅突起——

唰唰——！

從岩漿裡冒出來的，正是長著紅色鱗片，前陣子還害愛麗絲她們吃了不少苦頭的巨大魔物。

牠抬起頭，斜眼瞪著眾人。

「太好了！是火蜥蜴！」

「別顧著高興啦！」

「快點逃！」

凱特扛起行李跑向艾莉絲，艾莉絲也準備動身逃跑。

只有諾多拉德反而往前踏出一步，縮起身子。

「「咦……？」」

「哼！」

隨後，諾多拉德挺直身子，往牠頭上揮出一拳。

磅！

他的拳頭狠狠打在火蜥蜴的下巴上，火蜥蜴的頭也就這麼順著拳頭的力道往上甩。

「「咦咦咦咦！」」

「這一拳果然沒什麼用。」

他出乎意料的舉動讓艾莉絲跟凱特有一瞬間忍不住眨了眨眼，愣在原地。相對的，諾多拉德的語氣則是相當冷靜。

下一秒，他就用流暢的動作扛起自己的行李，毫不猶豫地跑離現場。

——也不顧艾莉絲她們還沒離開。

「咦？啊？咦……？啊！我……我們快點逃！艾莉絲！」

「說……說得也是！」

立刻回神的凱特牽起艾莉絲的手，跟著諾多拉德離開。

若只論結果，或許會覺得諾多拉德很無情，不過，他是艾莉絲跟凱特的護衛目標。

諾多拉德本來就應該優先逃跑，而且他願意逃跑是好事。

他這一連串舉動並沒有錯——除了剛才那一記上鉤拳。

「艾莉絲，快點！」

凱特比艾莉絲早一步抵達從這個空間往上通往入口的通道，回頭一看，就看見被諾多拉德揍了一拳的火蜥蜴已經重整態勢，吸了一大口氣。

凱特前些日子才看過這個動作，不可能誤會牠的用意。

「牠要噴火了！」

「喲哇啊啊啊啊！」

艾莉絲一邊發出怪叫，一邊從凱特身旁跑過去。

同時——

「唔唔唔，欠的錢又要變多了～！」

內心淌血的凱特如此喊道，並將口袋裡拿出來的石頭扔出去。

她扔出的這些是珊樂莎免費借給她的鍊器，還特例允許她有用到再付錢。

凱特本來應該花錢買，然而這種鍊器太過高級，逼得她不得不死心。也是因為這樣，才會變成用借的。而它如此昂貴，當然也代表它擁有強大的效果。

鏗！

一道清脆透徹的聲音響起，隨即出現一層厚實的冰牆堵住了通道。

這層冰牆馬上被火染得通紅，卻完全感覺不到火焰傳來的高溫。

不過，凱特跟艾莉絲已經實際體會過火蜥蜴噴火的威力了。即使冰層夠厚，也不可能撐太久。尤其這個空間本身氣溫就很高，遲早會因為氣溫融化。

凱特立刻轉身背對冰牆，前去追趕艾莉絲與諾多拉德。

逃離火蜥蜴的一行人在返回地上的通道旁邊的小路停下腳步。

若考慮到安全性，當然是直接離開洞窟會比較好。不過，這座洞窟裡的氣溫高到一脫掉防

熱裝備就可能喪命，而三人的體力也沒有厲害到能夠扛著沉重行李在如此危險的洞窟裡長時間奔跑。

「唉～～累……累死了……」

艾莉絲癱坐在地上，擦拭從下巴滴落的汗水。

防熱裝備基本上是用來抵擋火焰等具有殺傷力的高溫。

構造上會讓穿戴者在正常狀態下保持涼快，方便在高溫環境活動。但是，在舒適的體感溫度下劇烈運動，還是難免流汗。

艾莉絲從行李裡面拿水出來大口猛灌，補充剛才流失的水分，並在平靜下來之後惡狠狠地瞪向諾多拉德。

「我想跟你好好談一談……諾多，你為什麼要做那種事？」

「妳說的『那種事』，是指我讓那裡重新出現火蜥蜴嗎？」

諾多拉德沒有跟艾莉絲一樣拿出水，而是拿出筆記本。他這麼回答艾莉絲的時候，依然低著頭在寫筆記。

「對。你是明知道會讓火蜥蜴冒出來，還故意做那種實驗的吧？」

「我的確是知道那樣有可能會讓火蜥蜴重新出現。」

「那你又為什麼要這麼做？你應該知道會很危險吧？」

「因為那就是我這次實驗的主旨。身為一個研究學家怎麼可以因為會很危險，就不敢做實驗呢？」

——而且，如果我是會刻意避開危險的人，就不可能會是魔物研究學家。

終於抬起頭來的諾多拉德說出的這番話，讓艾莉絲跟凱特也不曉得該如何反駁。

尤其就是因為這趟行程有危險，才會需要僱用護衛。擔任護衛的人其實沒道理抱怨途中遭遇危險。

不過，護衛目標主動製造危險的行為適不適當，或許就很值得討論了。

「唔～我還是有點納悶……」

「我比較想知道是不是真的有必要做那種實驗。」

「我自己是認為這種實驗一定會帶來好處。比如說，有人現在需要某種魔物的材料。這個國家有格爾巴．洛哈山麓樹海，相對比較容易弄到手，可是，也不一定隨時都能弄到自己想要的魔物材料。」

「嗯，的確。但就算國內弄不到，也只要從國外進口就好了吧？」

「那樣以國家的角度來說，會存在風險。而引發魔物重生又太過危險，一般不應該這麼做。不過，能確定做得到這種事情，也是有它的意義在。」

艾莉絲等人居住的拉普洛西安王國目前並沒有跟任何國家處於交戰狀態，然而，也不等於完全不需要為戰爭做準備。

即使沒有侵略他國的意圖，也必須維持讓周遭國家認為「侵略該國的風險過高」的狀態，才是及格的國防策略。

這個國家的鍊金術師優待政策也是國防的一環。原因在於鍊器與鍊藥的存在會對該戰略帶來相當大的助益。

不過，前提是必須能夠在國內取得製造鍊器與鍊藥的材料。

無法進行鍊製的鍊金術師依然是很優秀的戰力，但效益會大幅下降。

「諾多的想法真像執政者……難不成你是貴族嗎？」

「嗯～這個嘛，應該算很小很小的貴族吧。不過，其實我只是在想要怎麼樣才能取悅會贊助我研究資金的人而已。」

一切都是為了領獎金。

諾多拉德絲毫不掩飾自己的慾望，艾莉絲跟凱特只能苦笑以對。

「不過，應該也用不著拿火蜥蜴來實驗吧……」

「可是火蜥蜴就算重生了，也不會帶給別人困擾，不是嗎？」

除非刻意挑釁火蜥蜴，否則牠幾乎不會離開巢穴。

牠不會攻擊附近聚落，或許是真的很適合用來實驗——前提是不考慮參與實驗的人的安危。

艾莉絲跟凱特就是在不知不覺間變成「參與實驗的人」，理所當然會想對諾多拉德抱怨幾句。

「我們差點就被火蜥蜴噴的火燒死了。」

「就算有店長閣下做的外套保護……也保護不到行李。」

她們的行李沒有受到防熱外套包覆。要是行李被燃燒殆盡，就算撿回一條命，也不一定能平安回到村子裡。

「核桃也很害怕對不對～？」

「嘎嗚？嘎嗚嘎嗚！」

抓著艾莉絲行李的核桃疑惑地歪起頭，舉起其中一隻手左右揮了幾下。

「看，核桃也說剛才很驚險。」

「是嗎？我反倒覺得它說的是『不會啊！』耶……？」

「那是你的錯覺。還有，你剛才揍火蜥蜴那一拳是怎樣？你會不會太強了？」

「因為我多少有在鍛鍊身體啊。畢竟我要研究的是魔物，假如我自己接近不了魔物，根本調查不到什麼東西。果然還是肌肉最棒了。」

只需要遠遠觀察的話，戰鬥可以完全交給護衛處理。

但是想要接近活著的魔物，就必須連自己都要能夠應戰。

若沒有辦法承受一定程度的攻擊，絕對會有生命危險，不可能有餘力進行研究。

「原來你不只是體力好。我看你沒帶武器，還以為你沒有戰鬥能力……」

「我算多少能打。只是我基本上是先把攻擊架開，再請護衛打倒魔物。反正到頭來我還是得僱用護衛幫忙，才能專心做調查。」

順帶一提，諾多拉德沒有攜帶武器是因為他是運用體術戰鬥，至於為什麼會使用體術，則是因為體術不會過度傷害研究目標。

無時無刻都是以研究為第一優先。

這就是諾多拉德的原則。

「好吧，無所謂。那，你想做的實驗都做完了嗎？」

「對。我在上一個調查地點就把活著的火蜥蜴大致調查完了。其實就是上次沒有成功打倒火蜥蜴，才會需要再跑這一趟來實驗。」

「那等休息得差不多了以後，就早點離開吧。萬一火蜥蜴追上來就麻煩了。」

「是啊。待在火蜥蜴的巢穴裡面完全安不下心來。」

凱特看起來的確就像她說的不太安心，不斷確認火蜥蜴所在的方向。諾多拉德則是整個人坐在地上，甚至還有心情吃著他從行李當中拿出的糖果。

「火蜥蜴不太會主動離開巢穴。想打倒牠的時候，反而還得花很多心思把牠引出去呢。」

「所以我們可以放心了是嗎？」

「希望是可以了。」

諾多拉德勾起嘴角一笑，又拿了一顆糖果放進嘴裡。

「你怎麼講得好像話中有話一樣？」

「牠的確不會離開巢穴，不過，妳們覺得巢穴的涵蓋範圍有多大？」

「……這跟涵蓋範圍有關係嗎？難道你的意思是這個洞窟全部都算巢穴，火蜥蜴就算不會離巢，也可能在這裡面四處徘徊嗎？」

「不覺得也不是不可能嗎？」

「這種時候的『不是不可能』還真討厭——但你說得對。」

諾多拉德笑著聳了聳肩，把裝著糖果的袋子遞給艾莉絲跟凱特，像是要避免皺起眉頭的艾莉絲過度擔憂。

「反正可能性也不算高。妳們還是吃點糖果放鬆一下吧。火蜥蜴應該不會特地來追我們這種小角色——」

「嘎嗷嗷嗷嗷嗷！」

響徹洞窟的咆嘯彷彿在否定諾多拉德的推測。

「「…………」」

艾莉絲跟凱特的冰冷視線，全扎在動作瞬間僵住的諾多拉德身上。

就像是在責備他亂說話。

「等等！應該不是我說的話害的吧！」

「……先不管諾多先生剛剛說的話，可是我記得好像有人揍了火蜥蜴的下巴一拳吧？真不知道是誰那麼大膽喔！」

「喔，對啊。真不知道是誰那麼魯莽。通常被那樣揍了一拳，不可能不會生氣吧？」

「可是！不覺得要不是我剛才揍了那一拳，我們搞不好都會被牠噴的火燒到嗎？」

諾多拉德連忙端出藉口解釋，卻仍然無法改變艾莉絲跟凱特視線當中的寒意。

「我們沒料到你會突然揍牠一拳，反而差點出事耶。」

「都被你嚇到晚了一拍才想到要逃跑……雖然也可以說是我們自己不夠成熟，才會亂了陣腳。」

無論情況再危急，都要保持冷靜。

總是得冒著風險在外的她們必須要擁有這樣的能力，但諾多拉德的魯莽行徑確實難免讓人不禁目瞪口呆。

不可能有人敢毆打光是碰到就會嚴重燙傷的火蜥蜴。

——不對，這裡就存在一個如此跳脫常識的人。

「而且牠也真的對我們噴了火。幸好有店長小姐借我們的鍊器，才沒出大事。」

「我沒有看得很清楚，妳剛才用的是什麼鍊器？」

「是店長小姐借我的魔晶石，裡面存著『冰壁』魔法。」

「竟然能把那麼強的魔法存在魔晶石裡……太驚人了。」

大多鍊金術師都有辦法把魔法存入魔晶石裡，而能夠存放的只有自己會使用的魔法，威力則會依據魔晶石的品質、大小，以及執行加工的鍊金術師本人的技術而定。

至於鍊金術師本人的「技術」部分當然不單指鍊金術的技術，還包括了運用魔法的技術，因此能存入魔晶石裡的魔法威力，僅限於自己能力所及的範圍。

簡單來說，能夠存入強大魔法的鍊金術師，也等於是實力高強的魔法師。

「不過，那種魔晶石只有一顆。而且我聽得到現在有很微弱的地鳴聲。」

「真……真的嗎？我倒是沒有聽見……」

諾多拉德顯得很疑惑。不過，凱特確實有聽見某種大型生物的沉重腳步聲。

而現在這樣的處境下，並不難猜出那隻大型生物是什麼。

「凱特的耳朵很靈光。火蜥蜴應該是闖過那道冰牆了吧。」

「這裡的氣溫這麼高，本來就遲早會融掉。」

「……對了，諾多先生，你有辦法打倒火蜥蜴嗎？」

凱特用懷著些許期待的眼光看向諾多拉德，而他當然是直接表示自己辦不到。

「沒辦法，我沒那麼厲害。妳應該也有看到我那一拳幾乎沒用吧？我已經使出全力了。可能頂多可以挑釁，但是傷不了牠。而且我的防熱裝備撐不過火蜥蜴噴火的高溫。」

「我想也是——只是我也很不敢置信你明明就撐不過牠的噴火，還敢衝上去揍牠。」

「我也有同感。不過，諾多，你知道自己的實驗會讓火蜥蜴重新出現……不對，你應該本來就打算讓牠重新出現吧？你這麼做有什麼用意？」

艾莉絲相當銳利的提問，讓諾多拉德立刻撇開視線。

「……我沒有多想什麼。反正萬一出事了，也可以直接拔腿就跑。」

「你居然沒想到後果！」

「諾多，你其實是個傻子吧！」

諾多拉德「呵」地輕輕笑了一聲，對訝異的兩人聳了聳肩。

「畢竟研究學家就是要夠傻，才能研究出成果啊。」

「那是傻到會為了研究廢寢忘食的傻子！你是不顧前後的傻子！一樣叫傻子也差很多好不好！」

「我覺得沒什麼差啊，都會給人添麻煩。」

「你有自覺的話，就多想想你做的事會有什麼後果啊！」

艾莉絲氣得不斷踩踏地面。凱特則是一隻手扶著額頭，要艾莉絲先冷靜下來，然後看向諾多拉德。

「先不說這個了，諾多先生，你覺得我們甩得掉牠嗎？」

凱特其實跟艾莉絲是一樣的心情，但是繼續質問諾多拉德，也不會對現況有任何幫助。

所以她決定向諾多拉德詢問逃出巢穴的方法，諾多拉德也在稍做思考過後搖搖頭說：

「牠要是在狹窄的通道裡面噴火會很危險。妳們的裝備很好，應該還撐得過去，可是妳們揹著的行李跟我應該就沒辦法了。」

艾莉絲跟凱特在聽到這句話之後露出奸笑。

「嗯。你死掉可能還好，這些行李被燒掉就麻煩了。」

「是啊。裡面有些東西還是跟店長小姐借來的……你被燒死又沒什麼差。」

「妳們是我的護衛吧！我有付妳們薪水吧！」

「我們沒有寬容到願意幫護衛目標的草率行徑收拾殘局。」

「而且我們還沒領到薪水——喔，也對，不帶你回去，我們就領不到錢了。」

「對對對。在平安回到村子之前，我都是妳們的委託人。」

諾多拉德的神色安心了許多，然而艾莉絲卻歪起頭，一臉正經地提議：

「不過，我們這份工作已經完成一半了。要不要請他先支付一點薪水給我們？」

「是啊，畢竟這份工作是長期契約。要求在中途先支付一部分薪水，應該很合理吧？」

「妳們是想拿完錢就丟下我吧！」

如果是在接下委託之前要求中途支付當然合理，可是在這種情況下聽到她們突然提起，也難免會認為她們別有用意。

艾莉絲直盯著焦急的諾多拉德，消除表情上的敵意。

「……只是在跟你開玩笑。玩笑部分大概占兩成吧。」

「居然有八成是認真的！」

「要是敢再亂來，就會變十成了。你自己小心點。」

「知……知道了。我自己也是要帶著研究成果回去才有錢拿，我會盡全力逃出這裡。」

艾莉絲看到諾多拉德畏縮的模樣或許是多少消氣了，在點點頭說完「那就麻煩你了」之後面向凱特。

「凱特，我們需要盡可能跑快一點，來挑掉不需要的行李吧。諾多的行李……」

「他的行李應該要丟在這裡吧？尤其他想跑在我們前面，就更不應該帶這麼多東西。」

「雖然裡面有很貴的鍊器……看來也只能丟掉了。我只帶調查結果回去就好。」

單論體力，諾多拉德大概比艾莉絲跟凱特還要強，可是他帶來的行李比兩人多上不少。

揹著這麼多東西，不可能跑得比艾莉絲她們還快。

然而艾莉絲跟凱特也不想在有可能喪命的情況下，特地配合諾多拉德奔跑的速度。

因此，兩人會希望他丟掉行李也是合情合理。

諾多拉德從行李裡面拿出筆記本等紙類物品，抱在懷裡。凱特也在迅速替行李分類。

「要丟掉重的東西，盡可能把跟店長小姐借的工具帶回去。飄浮帳篷大概是帶不回去了。」

「光一個飄浮帳篷就會多欠不少錢……諾多，你會賠償我們丟掉這些東西的損失嗎？」

「比較普通的東西是可以賠償妳們……鍊器之類的就要再看看了。我沒辦法推測珊樂莎做的鍊器值多少錢。而且我也要把自己的研究工具丟在這裡。」

「好吧。水最多就帶可以撐到下一個水源的量……」

「糧食……需要帶多少？不知道穿過森林要花幾天時間……」

「我可以分辨出植物有沒有毒。可是也就只是沒有毒，好不好吃又是另一回事了。」

「萬一真的沒東西可以吃，也只能吃森林裡的植物撐過去了。總比在路上餓死好。」

就在眾人整理好行李，準備起身離開的時候——傳來了某種聲響。

轟轟轟轟……

「什麼——」

砰！隆隆隆隆！

宛如地鳴的低沉聲響，以及由下往上的強烈衝擊。

隨後是一陣震動。

艾莉絲等人立刻抱住自己的頭，蹲了下來。

下一瞬間，眾人便慘遭濃濃煙塵吞噬。

Episode 3

同一時刻，珊樂莎……

「他們出發了呢。」

「是啊。希望他們可以平安回來……」

送艾莉絲小姐他們三個出發的那一天，我也久違地走到了店外。

雖然最近店裡的事情都交給蘿蕾雅處理了，可是這幾天匆匆忙忙的，於是我決定在早餐過後喝個紅茶放鬆一下，享受悠閒時光。

「珊樂莎小姐，之後會有一段時間都只有妳一個人，妳會不會覺得寂寞？」

「妳說晚上嗎？嗯～好像也不會太寂寞？」

我小時候，父母常常因為工作不在家。

在孤兒院的時候，我一心只想用功讀書。

上學的時候，我把心思都放在打工跟念書上，沒多少朋友。

我跟艾莉絲小姐和凱特小姐同住的時間其實不算短，不過，我目前為止的大半輩子都是一個人度過——導致我不會覺得身邊沒有人在很寂寞。

當然，我還是很喜歡跟合得來的朋友玩在一起——啊。

「喔～也對，我好像……覺得有點寂寞？」

「對……對吧！要……要不要我來這裡過夜陪妳？」

蘿蕾雅看我突然改變心意似乎有點開心，並提議來這裡過夜。

嗯，任誰看到蘿蕾雅剛才的表情，都會臨時改變主意吧？

是說，明明她想來過夜也用不著講得這麼婉轉，直接說就好了啊。

「妳要來嗎？那就請妳來陪我了。」

「包在我身上！」

我其實不太懂蘿蕾雅的「包在我身上」是什麼意思，但看她這麼開心，應該也不需要追究了。

最近蘿蕾雅從早餐時間到晚餐時間都會待在我這裡，也常常會順便洗澡，真的只差晚上沒在我家睡覺。

「呃，那我現在可以去跟媽媽說一聲嗎？」

「咦？現在嗎？是可以——」

「謝謝妳！那我馬上回家一趟！」

我還來不及說出下面的「不用這麼急也沒關係」，瞬間滿臉欣喜的蘿蕾雅就很有精神地搶先回答我，衝出店外。

蘿蕾雅這副模樣讓我就這麼懷著莫名害臊的心情，坐上了櫃檯前面那張已經很久沒坐過的椅子。

當天傍晚，我跟蘿蕾雅一起享用比平常稍微豐盛一點的晚餐。

我們並不是「趁艾莉絲小姐他們不在才偷吃大餐」。

蘿蕾雅平常打烊之後都會先在我這裡煮晚餐，再大家一起吃，等吃完收拾好才回家。但是村子裡有其他外來的採集家，我不太希望她大半夜還在外面走動。就算是她再熟悉不過的地方，還是一樣會擔心。

不過，她今天來我這裡過夜。可以準備晚餐的時間也比平常多一點。

所以，才會煮出這一桌比較豐盛的晚餐。

「怎麼樣……？」

「嗯，妳今天煮的晚餐也很好吃。謝謝妳總是煮這麼好吃的晚餐給我吃。」

我對正在觀察我反應的蘿蕾雅露出微笑，她就安心地吐了一口氣，開始吃起自己的那份晚餐。

「太好了。我今天是挑戰沒做過的料理，有點擔心煮得不好吃。」

「妳煮得好吃到不像是第一次煮耶。」

其實我也不知道這種料理一般吃起來是什麼味道。

但反正是真的很好吃，應該不需要講究那麼多吧？

「這麼說來，妳也好久沒來我這裡過夜了。」

「對啊。記得我也是那次來過夜，才第一次體驗到洗澡的感覺。」

「喔，就是妳脫光光泡澡泡到暈過去那次——」

「珊……珊樂莎小姐！妳就忘了那件事吧！」

「不不不，那真的太讓人印象深刻了，要我忘記很難耶。」

蘿蕾雅羞紅著臉，不斷拍打我的手臂，我則是苦笑著對她搖搖頭。當時她會暈過去也是我一時疏忽造成的，我當然不可以忘記。

我當時也很慌張。

幸好我有跟她一起洗澡，才沒有出大事。如果她那時候是自己一個人洗澡……

「我那時候會暈倒，是因為水裡面含有魔力吧？」

「對。因為那時候的水是用魔法製造的。一般平民不習慣接觸魔力，所以突然碰到就會像……身體嚇一跳的感覺？」

假如平時就處在經常接觸鍊器的環境，自然會在成長過程中漸漸習慣魔力，但是這個村子的人在我過來開店之前，都沒機會接觸到。

蘿蕾雅第一次洗澡那時候，大概也是她第一次接觸到高濃度的魔力。

「那我現在碰到那麼多魔力，也還是會暈過去嗎？」

「唔～現在應該不會吧。妳現在對魔力的耐受性跟之前不一樣了。」

她最近常常在用鍊器，而且有在練習魔法，已經很習慣接觸魔力了。

現在再去泡在充滿魔力的熱水裡面，說不定也不至於失去意識。

「不然，今天要不要一起泡澡看看？試試看妳承不承受得住用魔法製造出來的水。」

「嗯……好啊。反正這樣比較省水，還可以跟珊樂莎小姐一起泡澡。」

加熱洗澡水的方法有兩種，一是利用我的魔法，二是利用能把水加熱的鍊器。

前者雖然免費，卻會在水裡留下魔力；後者則是會消耗少許魔晶石。

艾莉絲小姐她們也認為「一天要加熱好幾次洗澡水太浪費了！」，所以我們都會一次兩到三個人洗澡，盡可能節省成本。

可是蘿蕾雅沒辦法泡進剛用我的魔法加熱好的洗澡水，就需要考慮到進去洗澡的順序跟分組，而我跟蘿蕾雅大多時候不會一起進去浴室。

「那晚點來試試看吧——對了，蘿蕾雅，妳今天怎麼會想來我這裡過夜？我不介意妳來，只是很好奇。」

「……妳聽出來我沒有講實話了嗎？」

「那當然。」

畢竟她說怕我寂寞想來陪我，很明顯只是藉口。
蘿蕾雅有點尷尬地低著頭，只有視線往上看著我。她的可愛模樣讓我不禁笑了出來。
「那個，其實是因為艾莉絲小姐跟凱特小姐住在妳這裡好像滿開心的，我有點羨慕……」
「是嗎？」
「嗯。因為她們離開父母身邊，自己一個人住在外面……不對，也不是一個人。而且她們可以自力更生……不對，好像也不是完全靠自己，可是，至少顯得……很成熟嘛。」
的確。艾莉絲小姐跟凱特小姐是不至於什麼事情都要我照顧，但要說很依賴我也是沒錯。
蘿蕾雅也知道她們有一部分生活是仰賴我，導致話中充滿遲疑，視線也不斷游移。
不過，我知道她想要表達什麼。
應該很類似小孩子嚮往大人的生活那樣。
艾莉絲小姐她們因為扛著一筆債，還沒辦法達到經濟獨立，但是欠下這筆債的最根本原因不在她們身上，而她們也確實有足夠能力自力更生。
「而且我快要成年了，最近也在想是不是該考慮離開家——不過，今天就只是單純想來珊樂莎小姐家裡過夜而已。」
「畢竟妳再一年多就成年了……」
說來遺憾，單論外表的話，她看起來已經比我還要年長了。

「唔……那妳要不要最近就搬過來住我家？反正我這裡還有空房間，也不介意再多一個人住。」

「……可以嗎？」

蘿蕾雅對我的提議感到有點驚訝，卻也用充滿期待的眼神看著我。我點點頭，說：

「嗯。反正妳本來就打算以後要離開家，早個一年也差不了多少吧。只是妳來住我這裡的話，可能真的就要在我這裡當一輩子的店員了，妳不介意嗎？」

除了某些領日薪的體力活，或是部分不需要專業技術的職業以外，一般平民基本上會一輩子從事同一份工作。

尤其需要專業技術的職業會領到高過平均薪資水準的薪水，幾乎不可能會選擇換工作。

而鍊金術店的店員嚴格來說，也是被分類在需要專業技術的職業。

「我先說，我不一定會一輩子都在這個村子裡經營鍊金術店……」

這個村子住起來是很舒適沒錯，可是我現在還沒辦法判斷自己想成為技術更高強的鍊金術師的話，是不是該繼續待在這裡經營店面。

假如未來需要把店遷去別的地方，蘿蕾雅捨得離開村子嗎？

然而蘿蕾雅卻是挺起胸膛，語氣非常肯定地回答：

「沒關係。我已經跟爸爸媽媽談好了，還說珊樂莎小姐在我成年以後也願意繼續僱用我的話，就繼續做下去。他們反而很樂見我繼續在這裡工作大過繼承雜貨店。」

哇，想得真周到。不過……是不是其實一般人都是像她這樣？

我的父母早就不在人世，未來要做什麼職業也在十歲進入鍊金術師培育學校的時候就決定好了，不曾有過類似的經驗。

「可是，這樣妳家的雜貨店要怎麼辦？記得妳是獨生女吧？」

「我沒有兄弟姊妹，但是村子裡有我們的親戚，到時候應該會跟他們收養子吧。而且接下我們家的雜貨店就不需要離開村子漫無目的地找工作了，對方應該會很樂意。」

沒有開發出其他產業的農村在找工作這方面其實意外辛苦。

開墾很需要人手跟資源，無法繼承農地的人就只能離開村子，外出打拚。

負責管理我那片藥草田的麥可先生就是一個例子。

似乎是只要收這樣的人當養子，就不需要擔心雜貨店會倒閉了。

「而且我離家之後，搞不好會多出弟弟或妹妹。畢竟媽媽還很年輕，可能今天會跟爸爸一起努力看看吧。」

手指抵著臉頰的蘿蕾雅若無其事地說出這番話，害我嚇了一跳。

我得要回答得很冷靜沉著，表現出年長者的威嚴——

「是……是喔？啊，嗯……」

一點也不冷靜。我……我是聽說過鄉下地方在這方面比較大膽，是真的嗎？

順帶一提，我有自覺自己對這方面很不熟。

因為我在學校總是顧著讀書，僅有的幾個朋友又是貴族千金！

而且我雖然會跟師父店裡的店員在休息時間聊天，可是不知道是不是我們年齡差太多，大家不怎麼跟我提到那方面的話題。

頂多問我有沒有喜歡的人而已。

我當時老實回答「沒有，而且我只有兩個朋友」讓氣氛瞬間降到冰點，後來就再也沒被問過類似的問題（後輩進學校之後朋友就變三個人了）。

總之，我的青春期幾乎沒有機會接觸情色話題。

但其實我現在也還是青春期啦。

……嗯？該不會這次談一談，以後就會常常提到了？

艾莉絲小姐跟凱特小姐還算是上流階級的人，蘿蕾雅則是純粹的平民。

要是蘿蕾雅跟我們三個提起那方面的話題——

「奇怪？珊樂莎小姐該不會不喜歡聊這方面的事情吧？」

「咦？沒有沒有！我……我沒有不喜歡啦～」

「是嗎？」

我感覺到自己回答的時候眼神游移得很明顯。蘿蕾雅先是顯得有點疑惑，用食指抵著嘴唇，擺出像是在思考的動作，然後露出不懷好意的笑容。

「……順帶一提，媽媽是在跟我差不多年紀的時候生下我的喔。」

「咦！啊，是……是喔……」

達爾納先生，你會不會太誇張了！

這已經是犯罪了吧！

哪像我不只還沒結婚，甚至沒交過半個男朋友耶！

「他們兩個從小就認識，也互相喜歡對方，所以本來就幾乎百分之百會結婚。不過好像還是有被罵太早生小孩了。」

「果……果然還是太早了吧？應該不是鄉下地方本來就會這麼早生小孩吧？」

「對，這個年紀生小孩是有點太早了。」

「……只是『有點』而已嗎？」

「對。很多人到珊樂莎小姐這個年紀，就已經有小孩了。」

一成年就結婚。

然後馬上做那檔事，生下小孩。

……嗯，的確不是不可能——可是感覺心情好複雜！

因為我身邊的人都是十五歲才從學校畢業，畢業之後又會立刻出外修行，根本不會談到結婚。

「而且我聽附近阿姨說——啊，算了，還是不要講好了。」

「咦咦！妳都講一半才不講，反而會很在意耶！」

蘿蕾雅這個舉動就像是端了很好吃的食物出來，又馬上收走。我對她表達強烈抗議。

她不再露出剛才不懷好意的笑容，尷尬地撇開視線。

「呃……珊樂莎小姐還是不要知道比較好。」

「我不要知道比較好？這樣會害我更在意啦！」

「……妳確定不會後悔？」

「唔……可能會，可是我想聽！」

我聽到蘿蕾雅這麼問不禁一時語塞，最後決定要她繼續說下去。

因為我覺得這種時候被賣關子，沒有繼續聽答案反而會比較後悔。

「那個……其實我媽媽……是在這裡懷上我的。」

「…………什麼？」

在這裡？嗯？

「呃，就是……當時這間店是空房，我爸爸跟媽媽就跑進來做——」

「蘿蕾雅！停！」

雖然她幾乎已經全部說出來了，但我還是連忙要她別說出口。

要是知道更明確的位置，我的心情一定會複雜到極點。

回房間睡覺的時候會一直不小心去意識到這件事。

我跟沉默下來的蘿蕾雅直盯著彼此，眨了眨眼。

蘿蕾雅不知道是不是突然覺得自己講得太露骨了，臉頰逐漸泛紅起來。我也一樣臉頰發燙。

「我……我們換個話題吧，蘿蕾雅。」

「好……好啊。」

我尷尬提議聊別的，她也馬上答應了。

「呃……對。我們剛剛在談妳的工作吧？妳有沒有什麼事情想問我，或是有什麼要求？」

「沒有，現在的待遇就夠好了。啊，不過……」

「嗯？妳想問什麼？儘管說。反正我們應該會合作很長一段時間。」

應該說，我反而想要盡可能留住她，讓她在我這裡待久一點。

就像師父跟瑪莉亞小姐那樣。

如果有瑪莉亞小姐那麼可靠的店員在，我也可以把心力都集中在鍊金術上。

我這麼說完，蘿蕾雅就在一陣猶豫之後戰戰兢兢地回答：

「那個，我一直很崇拜珊樂莎小姐……可是我……應該沒辦法當上……鍊金術師吧？我也已經不是能上學的年齡了。」

「鍊金術師啊。其實年齡沒有規定得很嚴……」

她出乎我預料的這番話讓我在高興之餘，也感到有點困惑。我開始陷入沉思。

鍊金術師培育學校的入學考的確是十歲才能申請。

不過，年齡完全是自己說了算。

貴族可能還會被查到，但國家不可能徹底掌握平民——尤其是農村小孩的年齡，導致他們也無法嚴格檢查有沒有人謊報年齡。

所以，第一次考試其實比實際年齡大個一兩歲也沒關係。

「可是……蘿蕾雅應該不行吧。」

蘿蕾雅本來就發育得比同齡小孩還要好。她在我認識她之後依然不斷在發育，現在將近十四歲的她若說自己已經成年，也沒有人會懷疑。

而且鍊金術師培育學校的入學考非常困難，必須苦讀好幾年才能考過。

所以考得進學校的平民大多是家境富裕到小孩子可以專心念書，或本身是住在孤兒院裡，可以請其他孩子幫忙分擔工作的孤兒。

雖然蘿蕾雅本來就很聰明，可是等到她學完可以通過入學考的知識，外表上應該也發育到很難謊稱自己十歲了。

「果然還是有困難……」

「不過，單論妳能不能成為鍊金術師的話……我可以說不是不可能。」

「真的嗎？」

蘿蕾雅睜大眼睛，激動地朝我這裡靠過來。我一邊要她冷靜，一邊接著說：

「嗯。真的不是不可能。一般要在學校畢業才能拿到『鍊金執照』，但是也可能有些很優秀的鍊金術師不曾去學校上課。」

國家建立學校的目的在於教導出有一定能力跟人數的鍊金術師，若先不論能力，只論人數，就不應該嚴格限制成為鍊金術師的途徑，否則會有反效果。

因此國家另外設立了一種救濟制度，也就是可以在高階鍊金術師（至少中級，一般會是上級以上）的推薦下接受每幾年舉辦一次的考試，成功考過，就能領到執照。

然而用這種方式考執照，其實比考進學校的難度還高。

考進學校的學生必須整整五年都要從早到晚專心讀書、實習跟考試。

一般人必須花費難以估計的時間與金錢，才能學完同等分量的知識。

再加上學校裡有專業教師。即使是成功畢業的鍊金術師，也不一定有辦法將自己學會的所有知識傳授給別人。

而學校的教授跟講師都是負責教導自己專精的領域。

一般鍊金術師不可能獨自教導所有領域的知識。

尤其救濟制度提供的鍊金執照考試沒有平常課堂分數的影響，難度會超過校內的段考跟畢業考。

要是實力只有「在校內勉強不會考不及格」的程度，絕對考不過。

除非有些很堅持要把小孩教成鍊金術師的貴族或有錢人願意僱用好幾名鍊金術師跟幾位家教，倒是有可能在花上一大筆錢跟好幾年的時間後勉強有機會考上。

真要說的話，差不多就是這麼難。

「……也就是說，實際上等於不可能，是嗎？」

「不，應該也沒有到完全不可能。」

蘿蕾雅遺憾地嘆出了一口氣。我搖搖頭，否定她的提問。

如果可能性是零，我不會說這種引起無謂期待的話。

「我搞不好可以教妳。我沒辦法馬上把妳教成鍊金術師，但是長期下來應該有機會。」

畢竟我所有科目的成績都接近頂尖。

換句話說，就是我有足夠知識教導別人……應該吧。

「那……！」

「可是，有個問題是我也沒教過人。」

因為我一直以來都沒機會跟朋友互相教功課啊！

我曾跟別人一起開讀書會，但是我們基本上都很聰明——我沒有想要炫耀的意思，總之，我們實際上就只是單純一起圍著一張桌子念書而已。

即使真的需要互相指導，也只要提供一兩句建議，就能自己解決問題了。所以也沒有在「教功課」的感覺。

而我當然也沒有教導初學者的經驗。

論欠缺教學經驗的我收了蘿蕾雅當徒弟以後，有沒有辦法把她教到可以考到鍊金術師執照……老實說，我是沒什麼自信。

「還有一件事也很重要。妳的魔力量不算高，就算妳該學的都學起來了，也很難靠鍊金術師這一行闖出名堂喔。」

鍊金術師最需要的能力是「精準操控魔力的技巧」，然而自身的最大魔力量太低，能夠進行鍊製的次數也會變少，甚至無法製作需要大量魔力的東西。

而《鍊金術大全》裡也存在需要大量魔力的鍊器。

也就是說，魔力量低的人碰到這種類型的鍊器就會無計可施，再也提升不了自己的鍊金術師等級。

其實也不是完全無法再繼續成長，只是魔力量主要是視天生資質而定，無法期待會再有多大進步。

不過，一直到《鍊金術大全》的第五集——也就是中級左右都不需要太多魔力，所以只想當個實力一般的鍊金術師，倒不會有太大影響。

「闖不出名堂也沒關係。反正我主要是想學到可以做鍊金術師的工作，才能幫珊樂莎小姐更多的忙。」

「這……這樣啊。」

她坦率說出這麼暖心的話，讓我也不禁高興地笑了出來。

我其實不介意她只幫我顧店跟買賣商品，看來她說不定很在乎自己大多時間都只能單純坐在櫃檯前面發呆。

「可是……想當鍊金術師會很辛苦喔。有九成的人用心苦讀，考過了很艱難的入學考，還是會被中途淘汰。鍊金術師這條路就是這麼難走。就算這樣，妳還是想試試看嗎？」

雖然蘿蕾雅沒有考到鍊金術師執照，也可以在我這裡工作，可是萬一努力了很長一段時間——比如十年以上都沒考過，應該還是會很灰心。

而且，她遭遇那種未來的可能性絕不算低。

不如說，她考上鍊金術師的機率搞不好幾乎等於零。

然而蘿蕾雅聽到我這麼說明，仍然點點頭說：

「嗯。我沒辦法保證自己真的懂這條路有多辛苦，但我可以發誓不會半途而廢。珊樂莎小姐，妳可以當我的師父嗎？」

蘿蕾雅直直凝視著我，眼神非常認真。我也下定決心，說：

「好。我沒辦法保證一定能讓妳當上鍊金術師，可是我會收妳當徒弟。」

「謝謝妳！」

蘿蕾雅很高興地向我道謝，然後再次看著我的臉，露出微笑。

「那個，珊樂莎小姐。」

「怎麼了？」

「我是不是要叫妳師父比較好？」

「不要那樣叫。我有點承受不起。」

我立刻對笑得很淘氣的蘿蕾雅搖搖頭。

我只是個剛畢業不到一年的菜鳥，要被人叫做「師父」實在是太自不量力了。

萬一被師父知道了……她應該不會生氣，但至少會哈哈大笑吧？

——嗯，還是不要叫我「師父」比較好。

「妳就跟平常一樣叫我就好了，不用叫我師父。」

「好～知道了。珊樂莎小姐，以後要請妳多多指教了。」

「彼此彼此。我們一起加油吧！」

說是這麼說，想成為鍊金術師的第一步，還是會以學習知識為主。

我之前已經教過她一些了，應該就是先從加強她熟悉的知識開始吧。

反正還要很久才能進到實習階段，生活上不會太快出現變化。

我本來是這麼想的，不過——

「我從今天開始就要住在妳這裡了！」

隔天早上，蘿蕾雅拿著一個布袋站在我眼前。

剛升起的太陽散發出的耀眼光芒灑落在她身上，把她的笑容點綴得更顯燦爛。

「呃……蘿蕾雅，妳已經要搬過來了？昨天才剛談到，今天就要來住了？」

「對！俗話說心動不如馬上行動嘛。」

蘿蕾雅在開門營業前先回家一趟，沒想到她就這麼迅速整理好行李，在來上班的時候表明今天開始要住在我這裡。

她手上只有用雙手抱著的大袋子。

搬家只帶這些東西太少了吧——嗯？

……好像也還好？仔細想想，我自己搬家的行李還比她更少。

而且蘿蕾雅家離這裡很近。

必要的日用品我這裡都有，要是真的沒有，也可以直接回家拿。

她應該只帶了衣服之類的東西過來吧。

「那個……不能現在就搬過來嗎？」

大概是因為我沉思了一段時間，原本笑得很燦爛的蘿蕾雅表情忽然沮喪了起來。

我連忙開口趕跑她的不安情緒。

「沒有，不是不能現在搬。只是，妳今天就要搬過來住的話，我也得去跟達爾納先生打聲招呼才行。」

其實這就像是蘿蕾雅要住在我這裡專心拜師學藝一樣。

她父母不是住在其他城鎮，而是在同一個村子裡，住得也相對不遠。這樣還不去打聲招呼，也太不講人情了。

以前孤兒院有人去當學徒的時候，對方也有過來孤兒院打招呼。

我那時候還不到十歲，不記得詳細情況了，但應該八九不離十。

不過，蘿蕾雅卻用很疑惑的眼神看著我。

「咦？打招呼嗎？我跟爸爸媽媽說過了，妳不用再特地去一趟。他們應該也不會介意——不對，他們搞不好還比較想來跟妳打聲招呼。」

「不可以就這樣不去。身為一個成年人，我有責任去跟他們好好打聲招呼。畢竟他們的女兒以後要住在我這裡。」

「成年人……嗎？」

妳為什麼會對這點感到疑惑？

「我是成年人！就算只大妳兩歲，我也是成年人，而妳是未成年。這很重要！」

那邊的！不可以說蘿蕾雅看起來比我還年長。

成年人的立場跟責任和外表無關。

而且我的社會地位很高！我的鍊金執照可不是白拿的喔，哼哼。

「好。那我們就早點去找他們，早點回來吧。不然就要超過開店時間了。」

「咦？呃，應該不會那麼早回來，今天晚點再開店就好……」

不對，今天直接休假半天應該也沒關係？

我也想要在出門打招呼之前先留一點時間做好心理準備。

我是不是也該帶些伴手禮過去？

……是不是明天再去比較好？

「不行。我不希望因為我的事情讓店比較晚開。我們快走吧！」

蘿蕾雅把拿在手上的袋子丟到房間，用手推起我的背，催著因為面對未知的體驗而有些卻步的我去找達爾納先生。

既然來都來了，我也只能乖乖認命了。

我走進雜貨店，問達爾納先生跟瑪麗女士：「兩位會介意自己的女兒搬來我家嗎？」也不知道該說出乎預料，還是蘿蕾雅的猜測很精準，他們兩個非常乾脆地——不對，應該說是把姿態放得很低，回答：「我們的女兒或許會給妳添麻煩，就拜託妳多多照顧她了。」

兩人也正如蘿蕾雅所說，似乎不怎麼希望她繼承雜貨店的事業。

雜貨店是村子裡不可或缺的商店，然而雜貨店的工作需要頻繁在村莊與城鎮之間往來，絕對算不上安全。尤其雜貨店的前任經營者——達爾納先生的父母，就是命喪盜賊手下。達爾納先生他們自己也曾遇過危險。

可是，也不放心讓蘿蕾雅漫無目的地去城鎮裡找工作。

他們正打算找個孔武有力的女婿時——剛好就聽到蘿蕾雅提到這次的事情。

在鍊金術師的店裡工作不只穩定、安全，連收入也是好得沒話說，當父母的當然是舉雙手贊成，根本沒有理由反對她來我這裡工作。他們是這麼跟我說的。

——話說，原來這個村子跟南斯托拉格之間明明感覺很安全，還是一樣會有盜賊啊？

我自己也遇過盜賊，但是那次是都仕・窩德花錢僱來找我碴的。

南斯托拉格是吾豔從男爵領地裡的重要交易都市，經商路線上的治安理應受到重視。放任那些盜賊為非作歹，會對領地內的經濟有致命性的影響。

他有閒工夫動歪腦筋，不如多花點力氣處理治安問題吧。

……他會不會是沒什麼治理能力的政二代？從南斯托拉格的現狀來看，的確不無可能。

要是真的會帶來不小的威脅，大概就要再去好好清理一下比較好了。那樣才不會讓達爾納先生他們得冒險外出，也可以避免蘿蕾雅傷心。

而且路上「垃圾」沒有清乾淨，心裡也會很不舒暢吧？

——總之，我就這麼成功讓前途大有可為的店員可以長期留在我這裡了。

◇◇◇

「珊樂莎小姐，妳今天有什麼活動日程嗎？」

由於跟達爾納先生打完招呼回來的時間比預料中的早，我們還是在平常的開業時間開門了。

蘿蕾雅迅速完成開店準備，開口詢問我今天的活動日程。

「我想想……我今天要先去檢查隔壁的藥草田，看情況可能還會需要指導他們吧。」

我在短暫思考之後這麼回答，蘿蕾雅聽完則是有點高興地點了點頭。

「我聽麥可先生說，藥草田好像種得滿順利的。」

「算順利啦。因為現在是以好種的藥草為主。」

蘿蕾雅知道的消息總是比我還要多。

畢竟我幾乎不會離開家門，不像她會定期出門添購糧食。反正也不怎麼需要外出。

但正確來說，應該是我偶爾會出去，只是去森林跟南斯托拉格的頻率比較高。尤其現在蘿蕾雅都會幫我煮飯，我已經很久沒去狄拉露女士那裡了。

「之後應該會考慮去整理後院那片閒置很久的藥草田吧。」

「咦？妳要廢掉那片藥草田嗎？」

「不是、不是。我是想種別的東西。現在麥可先生會種藥草，我沒有必要種他栽培得起來的種類。」

「啊，說得也是。種一樣的藥草也沒什麼意義。」

「沒錯。所以，我打算換種比較難栽培的藥草……也因為很難種，它的種子會比較貴。」

「什麼意思？」

「就是種失敗了會虧很多錢！就算我現在多少有點錢，虧那麼多還是會很心痛。」

不過，手邊有沒有這些難栽培的藥草，也會影響到能製作的鍊藥種類，等於我遲早得弄到這些藥草。

其實大樹海裡應該也有，可是那些藥草長在很裡面，村子裡的採集家很可能要冒著生命危險才採得到，所以我也沒辦法隨便請他們幫忙。而且就算真的採來了，收購價一定也會飆得很高，頂多比去外地進貨好一點。

「對了，有沒有辦法用鍊金術降低栽培的難度？」

「是有一種叫做『完美育苗器』的鍊器可以讓人只需要供應魔力，就把已知的植物培養成最好的狀態……」

啊，正確來說，是「已經研究出栽培方法的已知植物」。

就算是熟知植物的鍊金術師，也不可能用這種鍊器栽培無法人工培養的植物。

而如果是栽種能真正發揮這種鍊器神奇效力的——也就是已經研究出栽培方法的植物，就可以不仰賴任何的水跟肥料。

聽說很有錢的貴族還會把觀葉植物放進這種鍊器裡面，當成房間裡的擺飾。

我有點不敢置信有人會拿來這樣用。

「咦？那不是很厲害嗎？用那種鍊器，就可以解決藥草不好種的問題了吧？」

「不不不，要是真的輕輕鬆鬆就可以弄到這種鍊器，大家就不需要這麼辛苦了。我現在還沒有能力做這種鍊器，它的價格又貴得很誇張，我沒有錢跟其他鍊金術師買。再加上沒多少人做得出這種鍊器，用它來種藥草也會入不敷出。」

它其實是《鍊金術大全》第九集裡面的鍊器，市面上非常罕見。

而且它的外觀是蛋型的玻璃罩，假如只是要種小型藥草還不成問題，萬一想種會長得很高的藥草，就得加大完美育苗器的尺寸。那樣會讓製作成本跟維持完美育苗器效力所需的魔力飆高。

至於製作成本飆高的程度……例如可以放進小型盆栽的尺寸，就足以蓋好幾間庶民住宅了。

想也知道用這種高價鍊器來種藥草，成本一定會飆成天價。

這樣講應該就知道我為什麼會很難以置信有貴族把它拿來放觀葉植物了吧？

「啊～原來成本問題這麼大……對了，如果放未知的植物進去會怎麼樣？」

「長出來就不會是『完美』的狀態。能不能長得好……可能要看運氣？」

我不曾用過，不知道它實際的效果，聽說如果只是品種稍微不一樣，還是會自動調整栽培方式。

不過，放栽培方法未知的植物進去，成功率就會只有一半——似乎還可能更低。

尤其新品種的種苗一定很珍貴，用完美育苗器來賭運氣的風險太高了。

一般人會寧願選擇自己親手栽培。

「反正，我也沒機會用到。畢竟我買不起它。」

「所以也只能靠珊樂莎小姐親手栽培了，是嗎？」

「嗯，基本上只能我自己栽培。不過，我有辦法做一種叫做『育苗輔助器』的鍊器，我打算用這個來種藥草。」

這種鍊器的使用方式是把種子種進壺裡面，等它發芽生根。

之後再移植到田裡親手栽培。光是這樣，種植成功的機率就會比沒有用育苗輔助器高。

因為很難栽培起來的植物，通常最先碰到的難關就是能不能順利發芽。這種植物大多只要等種子長到可以在壺裡面紮根，就不容易種失敗了。

但當然還是要注意種到田裡面以後，一樣要注意氣溫、下霜或雪、濕度、肥料跟魔力等重要因素。

「聽起來滿方便的。務農的人應該會很喜歡這種鍊器。」

「前提是它要很便宜。它的價格不至於到完美育苗器那樣的天價，卻也不算便宜。不管是要用魔晶石還是自己的魔力來維持運作，都不是一般農家負擔得起的價格。」

「哦～拿來種一般農作物會入不敷出的意思嗎？」

「沒錯。就算是我這種不缺魔力的人，也不會只為了種藥草就做這種鍊器。要用它賺到回本不是那麼簡單。」

只是因為它在《鍊金術大全》裡面，我遲早還是非做不可而已。

如果有人想買，我也很想賣給對方，但是這個村子裡應該沒人買得起吧。

尤其這種鍊器一般只有植物研究學家會用到。

194

「總之，今天的活動日程大概就這樣吧。那我先出門了。蘿蕾雅，就麻煩妳幫我顧店了。」

「好，包在我身上。路上小心喔。」

麥可先生跟伊茲女士今天也在我家隔壁的田裡努力務農。

之前戈特先生曾說麥可先生做事很認真，而他的確會仔細記住我教的事情，也不會偷懶。

先不論技術好壞，至少他很勤奮這一點，就夠讓我放心把田交給他照顧了。

「早安。你們這們早就上工了啊，辛苦了。」

「啊，珊樂莎小姐。早安。今天天氣很不錯呢。」

我開口打聲招呼，伊茲女士就抬起頭，笑著向我道聲早安。在遠處工作的麥可先生也是一看到我，就快步走來我們這裡。

「栽培的情況怎麼樣？」

「應該沒有問題……妳可以幫我們檢查看看嗎？」

聽到看起來有點不安的麥可先生這麼說，我開始挑藥草田的幾個地方來檢查……沒有生病，成長得很順利。也沒有長蟲。

「……嗯，看起來沒問題。再一陣子……在開始下霜之前就能收成了。」

「終於！我好期待第一次收成！」

先不論小時候幫家裡務農的麥可先生，至少在城鎮長大的伊茲女士是真的第一次親手把農作物種到可以收成。或許也是因為這樣，她看著藥草田的眼神顯得相當感動。

不過，她忽然像是想起了什麼事情，朝著我說：

「對了，這些藥草收成之後，一直到春天都沒東西可以種嗎？有沒有什麼冬天也能種的藥草？」

「的確有生長期在冬天的藥草，可是很不好種喔。一個不小心沒照顧好，就會枯掉。」

「我們天氣冷也一樣會努力種田！對吧？麥可。」

伊茲女士語氣非常肯定地尋求同意，麥可先生連忙大力點頭，說：

「喔……對，那當然！珊樂莎小姐，可以麻煩妳教我們種嗎？」

「可以是可以……是有什麼事情讓你們急著想工作嗎？」

「呃……其……其實，是我要生小孩了……」

「咦？伊茲女士要生了嗎？」

我驚訝得睜大雙眼，伊茲女士難為情到滿臉通紅，點點頭說：

「對。應該會在春天出生。」

「恭喜你們！不過，那樣到時候會只剩麥可先生能下田，負擔會變得更大，沒關係嗎？如果沒有餐費以外的支出，應該夠你們撐到春天吧？」

麥可先生他們會有一段時間可以領到艾琳小姐給的薪水，也分得到藥草的部分收益，所以收成得愈多，他們的收入也會愈多。

所以我懂他們會想多賺一點，可是論有沒有必要這樣勉強自己，就……

「那個，我還是多少可以——」

我堅定地搖頭拒絕打算說自己還是可以幫忙的伊茲女士。

「不行。我不能允許孕婦冬天下田務農。要是沒有伊茲女士幫忙就栽培不了，我不會教你們怎麼種冬天的藥草。」

「伊茲，沒關係。我笨拙歸笨拙，還是很擅長一點一滴慢慢努力。就算暫時只能一個人下田，我也會努力做好自己的工作。妳就專心休養，生個健康的小寶寶吧。」

「麥可……好。那你要加油喔！我會在家裡等你回來！」

兩人牽起彼此的手，深情對望。

這的確是喜事一樁，可是我希望你們要恩愛就在家恩愛，不然看的人會很煩躁。

還有——喂，你們兩個！臉不要愈靠愈近！

「咳咳！那我先失陪了。就麻煩兩位好好加油了。」

兩人聽到我很刻意地清喉嚨，才連忙拉開彼此之間的距離。

我說完這番話，就轉身背對他們。

畢竟他們沒有找到正職就結婚，大概本來就是熱情會蓋過理性的類型，但我還是希望他們能學會什麼場合不該做什麼事。還有，我說的「好好加油」是指務農喔。

這很重要，千萬別搞錯了！

◇◇◇

我趁著工作的空檔慢慢整理好後院的藥草田之後，換準備處理店門口已經擱置一段時間的花壇。

那座花壇從春天到夏天都有不同種花輪流綻放，可是最近秋意漸濃，不只花都謝光了，葉子也開始出現少許褐色。

我挖起這些藥草的球根，一半留到明年繼續栽種，一半拿來當鍊金材料。

觀賞性質跟實用性兼具——我可不打算浪費任何可以運用的空間跟付出的勞力。

接著把會在秋天跟冬天開花的藥草種進騰出空間的花壇。

這些藥草開的花沒有很鮮豔，不過總比讓它空蕩蕩的來得好吧？

另外，我最主要的目的是點綴店門口，所以種的都是花長得好看的藥草。

沒有很在乎種出來的藥草值不值錢。

「畢竟我也是個女生。我得要有點女人味才行。」

雖然很像突然想起來才在表現自己有女人味，但至少不是完全放棄掙扎。

反正我的女人味在各個方面都比不上蘿蕾雅。

不過，應該還是有贏過艾莉絲小姐——除了長相。

我只想好好珍惜父母留給我的這副身體，不會擅自改變自己的外表——我用這個藉口瞞騙自己，開始著手下一件要事。

「再來就是製作育苗輔助器了。」

這種鍊器是乳白色的板狀物體，四個角落裝著尺寸偏大的魔晶石，其中一邊裝著一整排偏小的魔晶石。

使用方法很簡單，只要把種好種子的壺並排放在上面就好。

它沒有完美育苗器那麼厲害，卻也只要能穩定供應魔力，就可以幾乎百分之百讓種進去的種子發芽，再一直輔助生長到長成可以移植到田裡的種苗。

它除了成本隨便都會超過十萬雷亞以外，製作難度並不算高，所以輕輕鬆鬆就做好了。我把幾個壺擺到育苗輔助器上面，再把前幾天請師父幫我訂的有點高級的藥草種子種進去。

「這個是奇雷諾布，這邊是吉巴威跟夏爾尼爾斯，然後這個是邦卡歐……萬一摔壞掉就慘了。」

它們的種子很像，需要插好名牌避免弄錯……奇怪？

「這個……是什麼種子？」

我訂的種子照著種類分裝成好幾個小袋子，而裝著這些小袋子的袋子底部有一顆我不認識的種子。

這顆種子比其他種子稍大，看起來有點硬。

它很像麥子的同類，也很像蘋果的種子——可是，我還是不知道它是什麼種子。

「……來查查看好了。反正我也買了《鍊金材料事典》。」

我買種子的時候也順便請師父一起傳送《鍊金材料事典》過來，打算拿給蘿蕾雅當參考書。

既然買都買了，不如就拿來查查看吧。我拿起種子，起身去找蘿蕾雅。

待在店內櫃檯前面的蘿蕾雅一邊看著擺在旁邊攤開的《鍊金材料事典》，一邊拿著筆在紙上寫字。

我悄悄探頭看向她，她也馬上就發現了我。她先是看著我的臉，才好奇地確認現在的時間。

「珊樂莎小姐，怎麼了嗎？現在還沒到午餐時間……」

「我想要查個東西。可以跟妳借一下那個嗎？」

「好，沒問題。給妳。」

「謝謝。」

我接過蘿蕾雅遞出的《鍊金材料事典》，開始翻閱。

同時看往蘿蕾雅拿來寫字的那張紙。

「妳寫得還順利嗎？」

她正透過仔細閱讀《鍊金材料事典》記住上面記載的材料，並把內容另外謄在紙上。

不過，也不是百分之百完全照抄。

是『只篩選出採集時需要的知識，再用簡單扼要的方式統整起來』。

我是出於兩種目的，才會拜託她這麼做。

一是推廣這個村子的採集家不熟悉的材料，促使他們願意去收集來給我收購。順利的話不只能幫助採集家增加收入，也可以增加我店裡的商品種類。

二是我希望蘿蕾雅可以在整理書上知識的過程中，加深自己對各種鍊金材料的了解。

鍊金術師必須要擁有足以親自外出採集的知識，所以很需要記清楚各種注意事項。

而且動手寫下來，應該也很容易記到腦海裡。

「我是這樣寫的。妳覺得怎麼樣？」

「嗯，妳寫得不錯——不對，妳還滿厲害的耶，蘿蕾雅。」

我翻閱起她遞給我的一疊紙，不禁瞠目結舌。

她的寫法不像事典裡面寫得鉅細靡遺，卻能確實掌握到鍊金材料的特徵，畫技也非常出色，並在一旁標記了採集時必須注意的事情。我有點意外她有這種才能。

而且藥草的說明是條列式的，只簡單寫了必要的注意事項，讓不喜歡看大篇幅文章的採集家也能輕鬆掌握重點。

「看來妳很有前途喔。」

「是嗎？謝謝妳的誇獎——那珊樂莎小姐查到想查的東西了嗎？」

「唔～我在查這個是什麼種子……找不到耶。」

我還是學生的時候翻了這本書無數次，很清楚裡面記載了哪些鍊金材料。

不過，這本書裡面只有記載能夠當成鍊金材料使用的植物，沒有一般的植物，而且只有種子本身也可以當材料的小部分植物有種子的插畫。

連我自己都無法保證所有用過的植物是不是連種子的外型都認得出來。

「應該不會是師父吃水果的時候種子剛好掉到袋子裡，或是瑪莉亞小姐用來做料理的種子混進來了……吧？」

畢竟整個大袋子裡面只掉了一顆，還真的不是不可能……

我把種子拿給蘿蕾雅看，問她有沒有印象——

「這……我也沒看過。至少不是這個村子裡有栽培的農作物的種子。」

「果然。這下該怎麼辦呢……？」

我是可以直接問師父，但是我們常常在用的傳送陣消耗的魔力其實有點大。

從這裡到王都的距離很遠，魔力量只比平均程度高一點的人甚至無法傳送完整的一張紙。

我自己是不介意耗費這麼多魔力，可是我不好意思讓師父消耗大量魔力，就只為了回答這種小問題。

「直接種種看就好了吧？搞不好發芽以後就看得出來是什麼了。」

「……說得也是。反正多擺一個壺也不會多麻煩。」

如果真的是師父吃的水果的種子，拿去後院種起來應該也滿有趣的。

說不定最後會長出好吃的水果？

「嗯，就這麼辦吧。謝謝妳，蘿蕾雅。那妳再繼續抄寫這本事典吧。」

「沒問題。如果統整出來的資料對這間店的生意有幫助，我也會覺得很有成就感！」

蘿蕾雅笑著握緊了拳頭。我輕拍她的肩膀，回到工坊準備另一個壺，再把種子埋進去。

「這樣就好了。再來就是啟動育苗輔助器……」

我把手放在底下的板子上，灌注魔力。接著，板子四個角落的魔晶石各自散發出紅色、藍色、綠色、黃色的光芒。繼續灌注更多魔力之後，連側面那一排小魔晶石也接連變白，等到全部變白，就等於魔力已經灌滿了。

這些魔力應該夠讓育苗輔助器撐一個月左右，只是周遭的氣溫跟濕度也會影響到維持時間。

「好了，這個該放哪裡好呢？」

散發著淡淡光芒的乳白色半透明板子很漂亮。

不過，放在上面的農業用壺都是只注重實用性，不注重外表的造型，毀了整塊板子的美感。

算了，反正這不是擺飾，是拿來種藥草的。

「要放在不會被雨淋到，又能吸收到一點陽光的地方……幾乎沒什麼地方可以選。」

一樓有倉庫、會客室、照不到太陽的鍊金工坊、店面，還有餐廳兼廚房。

二樓是還有空房間，可是空房間是備用的客房，我想盡量避免把這個擺進去。艾莉絲小姐她們的房間跟倉庫也不在考慮範圍內。

所以只能放在我二樓的寢室，或是廚房窗邊。

這兩個地方我應該會比較想放靠近後院那片田的廚房窗邊。

「放在木箱上面……嗯，再來就是等它們長大了。」

隔天，我利用午休時間教蘿蕾雅操控魔力的基礎技巧。

進入實踐階段之前，很需要先學好這方面的基礎。沒有學好會非常危險。

我曾經沒有先學好操控魔力的基礎就嘗試實踐，差點就出大事了。

不對，正確來說，是被刻意引去嘗試？

我只是照著師父的吩咐去做而已。

現在想想，師父當時應該是要我知道自己的魔力很多，以及這種特質的危險性，的確有那麼做的必要。老實說，我那次真的被嚇得要死，後來也因為這樣而開始拚命練習操控魔力。

也多虧那次經驗，我才沒有在學校開始實習之後吃上苦頭。

簡單來說，就是認真練好操控魔力的基礎會有很大的助益。

「就是這樣。蘿蕾雅，妳很有天分喔。」

「真的嗎？謝謝妳的誇獎。」

「妳練習魔法也練得很順利，或許不太需要擔心妳在這方面上碰到瓶頸。」

「哇，太好了！」

當然，她還是得繼續努力不懈，才能愈來愈進步。

但是我都會用鼓勵的方式促使徒弟進步！

嗯？問我不是才第一次教人，是嗎？

嗯。我今天才決定要這樣教。而且蘿蕾雅個性很正經，用鼓勵的方式應該會比較好。

雖然我不打算再多收其他徒弟，但萬一真的收了態度很囂張的人當徒弟，再考慮用別的方式教吧。

「練習操控魔力的過程是很單調沒錯，可是這種練習非常重要。如果不考慮其他因素，其實光是能練好操控魔力，就可以當個稱職的鍊金術師了。」

當然，實際上還是需要具備足以考到鍊金執照的知識跟技術。

不像魔法師只要魔力夠多就夠了。

「啊，我先說，就算妳以後學會鍊金術了，也不可以擅自鍊製喔。因為被發現私自鍊製會被逮捕。搞不好還會被斬首。」

我不是在開玩笑。蘿蕾雅看我直直凝視著她出言警告，嚇得不禁吞了口口水。

「我是不打算那麼做……原來罰責那麼重嗎？」

「對。畢竟鍊金執照不是考好玩的。」

這也是為什麼需要考執照。沒有執照的人私自鍊製，會觸犯王國法律。

只有在擁有鍊金執照的鍊金術師指導下進行鍊製，是唯一的例外。

鍊金術師培育學校讀到一半就被開除的人還不算少，偶爾會有些跑去當無照鍊金術師的人被檢舉……的樣子。

我也只是聽說的。

至於為什麼會管得這麼嚴，是因為擅自鍊製很危險。

有些做工不好的鍊器會引發意外，尤其私自鍊製的鍊藥特別麻煩。

鍊藥不像品質過差的鍊器完全就是不會動的裝飾品，無法藉由外表看出它有沒有效果。

若不加以管制，甚至可能會有嚴重危害身體健康的鍊藥流入市面。

所以國家會嚴懲無照的鍊金術師。

學校會再三叮嚀要有執照才能鍊製，而且據說萬一沒有考過段考被開除，校方也會重新警告無照鍊製的罰責有多重，還會簽切結書。

幸好我一直都沒機會遇到那種麻煩事。

不過，其實本來就有些有執照的鍊金術師會做些惡劣的勾當，我也不懂他們在想什麼。明明做好自己鍊金術師的工作，就可以賺不少錢了。

「所以，要是妳哪天放棄考鍊金執照了，就會受到這些規定的限制。要小心點喔。」

「好。但是我才不會放棄！」

「嗯，我也希望妳能堅持下去。」

每個成功考進學校的人都曾這麼想，可是，只有少部分人能夠堅持到最後。

鍊金術師這條路就是艱難到這個地步。

反正蘿蕾雅不會有校內成績不及格被學校開除的問題，她沒有完全失去信心的話，應該至少是可以達到「不放棄」。

「好了，今天就練習到這裡吧。反正練太久效率會變差，而且這種事情最重要的是保持每天練習。」

「好。謝謝妳。」

「嗯，辛苦妳了。」

我對向我敬禮的蘿蕾雅點點頭，接著伸個懶腰，吐了一口氣。

「離午休結束……還有一點時間。我去泡茶過來。」

「嗯，謝了～」

觀察別人練習操控魔力雖然不需要自己動手，卻也滿累的。

不對，甚至比自己操控魔力還累。

因為會需要仔細「觀察」別人的魔力，來確認有沒有確實操控到魔力。

我一邊輕輕按摩自己的眼睛，一邊等蘿蕾雅回來。不久，她就把茶杯放到了我面前。

茶杯裡竄出的香氣刺激著鼻腔，心情也跟著放鬆了下來。

我在對她道過謝後喝了一口茶。適當的溫度跟澀感讓人喝了通體舒暢。

「呼～好好喝。」

「謝謝——那個，有什麼好方法可以加強操控魔力的技巧嗎？」

「也沒什麼特別的，基本上就是要勤勞練習。練習用很纖細的方式施展魔法也很有效，可是妳現在會的魔法不適合這樣練，可能要過一陣子再來試試看。再來就是多使用鍊器了。因為可以透過使用鍊器抓到釋出魔力的感覺。」

「鍊器……魔導爐之類的也可以嗎？」

「那種日常生活用的鍊器會調整成方便一般人使用，練習的效果不大……像之前差點害妳把平底鍋燒熔掉的魔力爐，就某方面來說會是最適合給妳拿來練習的鍊器。」

那是在我家裝魔導爐之前發生的事情。

當時蘿蕾雅看我吃的東西很寒酸又隨便，就主動想幫我煮飯……但是她那時候用的是工坊的魔力爐。

雖然那個魔力爐不是大型的，只是多少可以做點冶煉工程的小型魔力爐，可是還是足以熔掉金屬。

結果還不熟悉怎麼操控魔力的蘿蕾雅不小心灌注過多魔力，弄壞了從家裡帶來的平底鍋，還差點嚴重燒燙傷。

我後來幫她修好了平底鍋。說真的，我那時候也被嚇得有點著急。

蘿蕾雅其實還曾經失手過另一次，所以我之後都不讓她來工坊裡面煮飯。再加上現在廚房已經打理好了，沒必要用到工坊裡的魔力爐。

她不知道是不是想起了當時的情景，尷尬地壓低視線，看起來很過意不去。

「那……那次……真的很驚險。」

「嗯，我現在也還不打算讓妳碰魔力爐。我想想還有什麼……對，放在那邊的育苗輔助器不會有危險，應該很適合練習。」

「是那個嗎？這種鍊器真漂亮。」

蘿蕾雅放下手上的茶杯，起身走到育苗輔助器前面，認真觀察放在上面的壺。

「看起來……還沒有發芽呢。」

「不可能一個晚上就發芽啦～它只是輔助生長，沒有加速生長的效果。」

育苗輔助器只是讓植物可以處在接近最佳生長環境的狀態，並不會明顯影響它發芽的時間。

有些植物的生長速度的確快到放一個晚上就能發芽，但是我這次種的都是價格很昂貴——也就是不容易栽培的藥草。不可能一下子就長出芽。

「啊，可是育苗輔助器跟昨天看到的時候不太一樣。感覺光芒好像變淡了……？」

「咦？真的嗎？它消耗魔力的速度應該不會快到第二天就看得出來……」

「可是不覺得這裡看起來不一樣嗎？」

蘿蕾雅指著側面那排魔晶石。

它明顯沒有昨天那麼白，看得出已經消耗了超乎預期的魔力。

「……真的耶。怎麼會這樣？」

我有時候外出購物會有一段時間不在家，所以我故意把這個育苗輔助器做成可以儲存比較多魔力。

正常不可能在短短一天之內就看出魔力變少。

可是，現在育苗輔助器的確出現了這種現象……

該不會是製作過程中弄錯了什麼吧？

「雖然有點在意為什麼會這樣……算了，再補充魔力進去就好。反正看起來可以正常運作。」

「啊，珊樂莎小姐，可以讓我試試看嗎？」

「嗯，好主意。妳試試看吧。把手指放在這裡。」

「唔唔唔，這的確……跟用魔導爐的感覺不一樣。」

「對吧？而且妳的魔力有成功灌進去。」

雖然有點不太熟練，但的確有補充到育苗輔助器的魔力。

我就這麼繼續待在旁邊觀察。不久，蘿蕾雅把手從育苗輔助器上移開。

「呼……我應該最多只能補充這樣了。」

「嗯，妳也不要太勉強自己。反正它的魔力幾乎是滿的。」

我伸手去碰育苗輔助器，補滿它缺少的魔力，接著帶因為剛消耗完魔力而有點站不穩的蘿蕾雅坐到椅子上，再跟著坐到她身旁。

「知道自己消耗多少魔力會影響走動，又要休息多久才會恢復也很重要。妳坐在這裡休息一下。」

「好。謝謝妳。」

我手扶著蘿蕾雅的身體，喝起稍微沒有剛才那麼熱的茶。蘿蕾雅渾身無力地趴在桌上，愣愣看著沒人坐的空椅子。

「……不曉得艾莉絲小姐她們現在還好嗎？」

「唔～那裡現在沒有火蜥蜴了，應該不怎麼危險，順利的話，應該已經在回程路上了……可是她們是陪研究學家一起去，大概不會這麼早離開吧。」

我認為研究學家就是會以自己的興趣為第一優先，還會做些不在預定行程裡面的事情。

這多少算是我的偏見，但八成不會相差太遠。

考慮到研究學家的這種特質，他們說不定還可能在途中多繞了不少路，現在才終於到目的地而已。

「反正他們也還要考慮到糧食的問題，應該不會太晚回來。」

希望他們不會拖到在回來之前都得在路上找食物。

火蜥蜴的洞窟附近頂多只有熔岩蜥蜴可以吃。

如果是諾多先生那種把研究擺第一，其他拋腦後的人吃苦就算了，萬一連艾莉絲小姐跟凱特小姐都得一起過著克難生活，就太可憐了。

「不過，知道他們這趟旅程不會有什麼危險，我也比較放心了。」

「嗯，反正真的出事了，她們還可以——」

這時，忽然有一道聲音響徹家中，就像是算準了我說話的時機。

「救命喵！救命喵！」

「「…………」」

這個聲音來自我們熟悉的人，但是她平常不可能會這樣說話。

蘿蕾雅莫名冰冷的視線狠狠扎在我身上。

「……珊樂莎小姐，這是怎麼回事？」

「是共鳴石在響，意思就是艾莉絲小姐她們在求救。應該是發生了什麼她們沒辦法自己解決的問題。」

「不，我不是問這個。啊，不對，她們在求救這點是很重要沒錯，可是怎麼會是用這句話求救？」

「妳說這個啊？因為單純的鈴聲很可能會沒聽到，我就請艾莉絲小姐講了一句我絕對會注意到的話。」

「——真正的理由呢？」

「我想聽艾莉絲小姐講講看很可愛的話。」

「珊樂莎小姐……」

蘿蕾雅聽起來很傻眼的語氣，稍稍激起了我的罪惡感。

不過，其實要說我是為了聽她講這種話才做共鳴石，也不為過！

而且在想要她說什麼話的過程，也讓我大飽了耳福跟眼福！

一想到艾莉絲小姐害羞到滿臉通紅的模樣——咳咳。

可是我也免費提供共鳴石當作補償，這樣就扯平了吧？

「還真沒想到她們真的會用到共鳴石。」

「啊！這代表艾莉絲小姐她們現在遇到危險了，對吧？」

「也有可能是不小心弄壞……但應該是出事了吧。」

「這……這下糟了！該怎麼辦才好？」

我扶著連忙想站起來卻站不穩的蘿蕾雅坐回椅子上，再冷靜回答她。

「蘿蕾雅，妳冷靜點。我叫她們帶鍊金生物去，就是要方便在這種時候幫她們。」

「說得也是！那……那請妳馬上確認她們的安危吧！」

「知道了。他們三個離這裡有點遠，會很耗魔力——」

跟鍊金生物的意識同步時，我會沒辦法顧及自己的身體。

其實最好是躺著同步，可是看到蘿蕾雅眼神充滿了不安，我實在很難說出「我去床上躺一下喔！」這種話。

我在椅子上穩穩坐好，把兩手放在桌上穩住身子，接著開始緩緩凝聚自身的魔力。

No 010

鍊金術大全：記載於第八集
製作難度：困難
一般定價：18,000雷亞以上

〈透明墨水〉

這是在開發有透明感的墨水時，不小心真的變成完全透明的墨水。儘管它看似開發失敗的產物，卻也只要配合專用的眼鏡，就能看見墨水寫了什麼。這種墨水非常適合用來寫需要保密的信件，擁有不可告人的關係的客倌可以考慮看看。

Episode 4

The Rescue Call

求救

洞窟內不再震動，也不再傳出岩石崩毀的聲響。

不久，周遭揚起的煙塵逐漸消散，刺耳的寂靜隨之重返三人身邊。

這場崩塌持續的時間並不長，卻會讓當事人誤以為永無止境。

「停……停下來了嗎？」

原本抱著頭蹲在地上的艾莉絲等人逐漸放鬆戒備。

「你……你們都還好嗎？」

「我沒事。這附近好像沒有發生崩塌。」

三人的身上跟行李沾上了飄來的塵埃，但周遭沒有崩塌的痕跡。

諾多拉德在確認沒有崩塌後出言告知，艾莉絲也在聽到之後點點頭，轉頭朝向聲音傳來的方向。

「看來崩塌的是我們剛剛走來的方向。感覺很不妙……」

「是啊。不過，現在聽不到像是火蜥蜴腳步聲的聲音了，也不曉得算不算好事。」

「真希望牠已經回去了……好了，我們不了解一下現況，也沒辦法決定接下來該怎麼辦。先過去看看吧。」

諾多拉德語氣一派輕鬆，而他這番話倒也沒錯。

他把行李留在原地，順著來這裡的路往回走。艾莉絲跟凱特也跟著他一起往回走，並在沒多久後看到——

洞窟頂部跟牆壁崩塌下來的碎塊，堵住了足以三個人並肩走動的通道。

他們只能看見光線照得到的部分，仍然可以清楚了解崩塌情況有多嚴重。

眼前慘況與他們預料的相差不遠，但一行人仍然一臉凝重，觀察起周遭。

「這……崩塌得滿嚴重的。」

「諾多先生，可以讓光線更亮一點嗎？」

「弄得太亮會增加消耗的魔力耶……好，我知道了。」

諾多拉德即使忍不住稍加抱怨，卻也知道有必要加強可視範圍，乖乖照著凱特的吩咐大幅調高照明鍊器的亮度。

增強的亮光照亮了堆疊到洞窟頂部的大量岩石與砂土。

崩塌的嚴重程度讓他們甚至不敢奢望會有任何縫隙。

「果然完全被堵住了。」

「而且崩塌的部分應該滿厚的。會不會也是因為這樣，才聽不到火蜥蜴的腳步聲？」

「應該是吧。感覺要騰開這些土石也是有點不切實際。」

諾多拉德這番話聽起來有些事不關己，使艾莉絲不滿地挑起眉尖。

「你的肌肉不是很厲害嗎？連你也沒辦法啊？」

個性直率的艾莉絲很難得說話如此諷刺，可是這也不能怪她。

畢竟火蜥蜴會復活，還有洞窟裡面會崩塌，都絕對是他惹出的麻煩。

不過，艾莉絲的諷刺話語能不能激到諾多拉德，又是另一回事了。

「嗯。我是可以搬動石頭，可是擋不了垮下來的砂石。」

諾多拉德也不曉得是否有發現自己被挖苦，語氣聽起來完全沒放在心上。艾莉絲顯得有點不悅，直到凱特輕拍她的腰，她才嘆了口氣，把內心不滿擱在一旁。

艾莉絲目前仍能冷靜判斷在這種情況下鬧不合，也只是有百害而無一利。

「幸好至少不用擔心火蜥蜴追上來，但看來要離開這裡也很困難。」

「其實也可以花時間慢慢挖出一條路，可是還得擔心它再次崩塌。記得凱特妳會用土屬性的魔法吧？妳有辦法……用魔法讓土石變硬嗎？」

「很可惜，我只會用軟化地面的魔法……」

凱特跟珊樂莎學的是有助開墾的魔法。這種魔法能夠挖起土石，然而它最主要的目的還是軟化地面，在現在這種情況只會造成反效果。

如果魔法跟操控魔力的技術跟珊樂莎一樣高強，或許還能藉此挖出一條通道，然而凱特還只是魔法新手，拿所有人的命來當賭注絕對不是好主意。

「看來挖開這裡應該不太可行。我們先回剛才那裡吧。」

一行人回到剛才躲避火蜥蜴的地點泡起溫暖的熱茶，穩定情緒。

這場崩塌阻絕了火蜥蜴的追殺是不幸中的大幸，卻不改他們被困在存在火蜥蜴的洞窟裡的事實。艾莉絲跟凱特仍然有些許靜不下心，諾多拉德則是絲毫不著急，悠閒地喝著手上的茶。

他如此冷靜當然是比陷入恐慌來得好多了，但他這副悠哉模樣難免讓艾莉絲跟凱特覺得心裡有疙瘩。

「諾多，你看起來滿冷靜的嘛。」

「畢竟魔物研究學家本來就會遭遇多不勝數的險境。我會鍛鍊肌肉，也是要讓自己能在險境下求生——只是這次就派不上用場了。」

「我倒希望你在鍛鍊肌肉之前，應該先好好反省自己的所作所為。」

如果諾多拉德不做奇怪的實驗，很有可能根本不會發生這起意外。因此，凱特會這麼說也是合情合理。

然而即使凱特語帶責備，諾多拉德依然爽朗笑道：

「哈哈哈，這我就辦不到了。因為我是研究學家。要是我失去求知心跟冒險的慾望，就稱不上研究學家了。」

「我真希望你的冒險慾望可以多加上幾分慎重。小心你再這樣死性不改，以後就沒人願意幫你了喔。」

「妳也這麼認為啊？其實還真的很少人願意再接我委託的護衛工作。明明給的酬勞不算差。」

——一定是當一次護衛就被嚇怕了。

艾莉絲跟凱特的想法完全一致，只是現在把這種話說出口，也不會對現況有所幫助，所以兩人就這麼面面相覷，嘆出不知道已經是第幾次的深深嘆息。

「……總之，我們來想想看可以怎麼辦吧。」

「好。來這裡的路應該不能走了，可是我們現在待的這個地方還可以再往更裡面走吧？妳們知道這條路通往哪裡嗎？」

「不知道，我們上一次來的時候，完全沒有走進旁邊這些小路。這條路確實有可能通到其他地方，也可能會有危險。」

這附近是曾經有地獄焰灰熊棲息的危險地帶。

雖然艾莉絲等人的實力足以殺死熔岩蜥蜴，可是她們上次能夠成功獵捕熔岩蜥蜴，也是多虧每人發揮各自特長，以及事先安排好對自己有利的戰場。只是草率進攻的話，熔岩蜥蜴依然足以發揮強大的威脅性，而如果對手是跟熔岩蜥蜴同等強度的不同魔物，與之交手的風險則會相當高。

艾莉絲跟凱特這次會願意擔任護衛，也是因為路上會遇到的魔物種類有限，再加上洞窟裡沒有火蜥蜴。

「既然我們沒辦法往回走，就只能繼續前進了。還是妳們有想到其他方法？如果有好主意，我也可以大方採納妳們的意見喔。」

「可是，我們沒自信保護好你……」

「別擔心，萬一我真的會死，我也不會責備妳們。畢竟採取行動還是會比繼續待在這裡更有機會逃出去。」

諾多拉德面臨可能喪命的困境仍能有邏輯地判斷現況，或許也是拜他身為研究學家的經驗所賜。但是擔任護衛的艾莉絲無法輕易允許委託人冒險。

凱特看到艾莉絲如此煩惱，便忽然想起了一件事，看向她們的行李。

「——對了，艾莉絲，店長小姐不是有拿共鳴石給我們嗎？」

「唔……妳說那個喔。妳要用……那個嗎？」

艾莉絲支支吾吾的模樣，讓凱特疑惑問道：

「……？妳怎麼了？共鳴石是店長小姐免費送給我們的，不是嗎？現在不用，要等到什麼時候才用？還是她說用了就要跟我們收錢？」

「沒有，她沒說。而且我有先問清楚是不是真的不用收錢——只是我也付出了很沉痛的代價。」

「咦？妳剛剛說什麼？」

「沒有，沒事。」

凱特詢問艾莉絲剛才小聲說了什麼，艾莉絲只是沉重地搖搖頭，拒絕回答。

順帶一提，她付出的沉痛代價是羞恥心。

除了最後選定的那句話以外，珊樂莎還趁機要艾莉絲多講好幾種一般人都會有點害臊的話，讓艾莉絲遭受了不小的精神折磨。

用了共鳴石，一定會被待在家的珊樂莎跟蘿蕾雅聽到，運氣不好還可能被上門的客人聽見。

也難怪艾莉絲會猶豫該不該用共鳴石。

不過，三人目前的處境非常不樂觀。

甚至就如凱特所說的，現在不用，又該等到什麼時候才用？

艾莉絲拖拖拉拉地從行李當中拿出共鳴石，沉重地嘆出一口氣。

「唉，不管了啦！」

然後自暴自棄地把共鳴石砸向地面。

這種看起來像是普通石頭的鍊器，本來就是要用來打破的。

共鳴石立刻破裂並消失，彷彿瞬間蒸發。

這段過程沒有任何亮眼之處，讓凱特意外得不禁眨了眨眼。

「……就這樣？連一點聲音都沒有。」

「啊，嗯，是啊。」

相對的，艾莉絲反而對什麼事都沒有發生鬆了口氣。

要是連打破共鳴石的這一方都聽得見一樣的聲音，她將會承受莫大的精神傷害。

不過，打碎的過程不亮眼，其實是刻意的。

因為會使用共鳴石，就代表使用者可能處在被敵人追殺，又或是被困在某個地方等待救援。

這種時候發出巨大聲響會引發致命後果。

共鳴石沒有區分哪一邊是專門用來打破，或專門接收另一邊的求救，而是設計成先壞掉的那一邊不會發出聲響。會這麼設計，也是為了避免造成事態惡化。

「那是可以聯絡上珊樂莎的鍊器嗎？」

「對。這樣店長小姐應該就知道我們遇上危險了……吧？」

「嗯。她知道之後，應該就會用鍊金生物確認我們這邊的情況……」

艾莉絲是第一次使用這種鍊器，導致語氣稍稍缺乏自信。接著，她把乖乖坐在行李上面的核桃拿起來，讓它改坐在自己面前。

她跟凱特一起觀察核桃的一舉一動，然而核桃絲毫不在意兩人的視線，直接躺下來打了一個大呵欠。

「呵啊啊～」

「「…………」」

兩人見狀依然直盯著核桃，耐心等待。諾多拉德語氣婉轉地說：

「啊～兩位，要跟鍊金生物的意識同步應該不會太快。」

「嗯？是嗎？可是她之前示範的時候，一轉眼就同步了啊。」

「大概是因為距離很近吧……不對，一般鍊金術師就算距離不遠，也得花點時間才能同步，可能還是要看施術者的實力吧？而且，正常鍊金生物不可能離這麼遠還能繼續活動。」

「……這麼說來，店長小姐好像說我們的目的地再遠一點，就沒辦法用鍊金生物了。」

「但它仍然可以在這麼遠的地方活動。不曉得它平常不怎麼動，是不是在節省魔力消耗？」

「嗯……原來是這樣啊。」

艾莉絲大概是因為知道還要再等一段時間，開始用手搔抓核桃肚子上的毛來打發時間，而核桃也跟著不斷揮舞手腳。

「呵呵呵，好可愛……等等，艾莉絲，現在該不會已經是店長小姐了吧？」

原本也在一旁欣賞核桃可愛模樣的凱特發現它的動作突然變得不太一樣，連忙制止艾莉絲的手。

「咦？已經是店長閣下了？」

她連忙把手抽開，隨後核桃就用像極了人類的動作表達「真受不了妳們」，起身環望四周。

「……是店長閣下嗎？」

「嘎嗚。」

「抱……抱歉！我聽說同步會花一點時間，就……」

艾莉絲看到核桃點點頭，就趕緊低頭道歉。核桃搖搖頭表示「不用放在心上」，並在觀察完周遭之後顯現疑惑神色。

「嘎嗚？」

「其實是洞窟裡發生坍方了。坍方的原因大概是火蜥蜴。」

「都是因為諾多先生做了很不得了的實驗。」

「哎呀～不要這樣誇我嘛，我會害羞。」

凱特這番話百分之百是在諷刺他。

「嘎嗚～」

「「唉……」」

包括核桃在內的三人全用冰冷的眼神看著諾多拉德。然而諾多拉德卻絲毫沒有因此感到受傷，他如此堅韌的精神力就某方面來說是研究學家少見的寶貴特質，卻也可能害他容易惹別人不開心。不過，現在刻意提及這件事也是於事無補。

「嘎嗚嘎嗚嘎～嗚。」

核桃先是做出「好吧，先不提這個了」的反應，才開始比手畫腳地想要表達一些事情——

「抱歉，店長閣下，我看不懂妳想表達什麼……」

很可惜，艾莉絲等人無法理解動物（？）的語言，讓核桃很傷腦筋地原地徘徊。不久，它在地上寫下了文字。

『你們有沒有魔晶石？不補充的話，它的魔力就要耗光了。』

鍊金生物就算什麼事情都沒做，也會消耗儲存在體內的魔力。

尤其核桃現在從原本只是抓著行李的省魔力模式切換成跟珊樂莎意識同步的正常活動模式，消耗的魔力必定會大幅上升。

而鍊金生物只要體內儲存的魔力歸零，就會停止運作。

凱特跟艾莉絲在珊樂莎的要求之下，連忙翻找自己的行李。

「應該還剩下一點……」

「我這裡也有幾顆……」

「要魔晶石是嗎？我收集了很多來做實驗，還剩不少。」

諾多拉德也跟著翻起自己的行李，並從裡面拿出皮袋。

核桃接過那個皮袋，從裡面拿出一顆魔晶石放進嘴裡咬碎。

「……看它這個樣子，就會很清楚感覺到它真的不是一般的生物耶。」

核桃瞥了這麼說的艾莉絲一眼，又多吃了一顆魔晶石。隨後，它再次在地面上寫出一段文字。

『太好了。我有點太低估要消耗的魔力。』

珊樂莎本來預估魔力應該能撐到艾莉絲等人回到村子，但是她是第一次製作鍊金生物。她低估了鍊金生物在遠距離同步意識時消耗的魔力。

即使用魔晶石來應急，魔晶石能補充的魔力還是遠遠不及珊樂莎本人直接補充的量，這代表目前核桃體內的魔力絕對算不上充足。

所以，核桃手上仍拿著裝有魔晶石的皮袋。

「珊樂莎，現在事態緊急，我不介意妳用掉那個袋子裡的魔晶石，可是我們也得留一點來維持照明用的鍊器，記得不要全部用光喔。」

「諾多先生，那個鍊器可以藉著人體的魔力來維持運作吧？是的話，我可以幫忙補充它的魔力。反正我的魔法幾乎派不上用場。」

「喔，是嗎？那太好了，因為我的魔力不夠補滿這個鍊器。尤其它的設計比較特殊。」

照明用的鍊器相對普遍，種類也相當繁多。從用來照亮夜晚道路的，到能讓廣大區域內明亮到彷彿白天的大規模照明鍊器都有。

諾多拉德持有的是價位很高的照明鍊器，亮度強到足以照亮崩塌現場的全貌，卻有個魔力消耗量很大的缺點。

「這個很方便我在昏暗的地方做研究……可是我是不是應該多花一點錢，買點魔力不會耗太快的照明鍊器呢？」

「你買的這個照明鍊器，已經是我們完全買不起的價位了……」

凱特語中摻雜著少許羨慕，與對他竟然想花更多錢的難以置信。核桃拍打凱特的腳，吸引她的注意力。

「嘎嗚嘎嗚！」

『沒時間了。再把現況解釋得清楚一點。』

「啊，說得也是。我想想，首先——」

『我知道了，我想想看有什麼辦法。我會再聯絡你們。記得看看應急箱。』

珊樂莎一聽完凱特等人的說明，就像是不想多浪費時間跟魔力般，立刻切斷同步。

同時，核桃的身體也像斷了線的人偶一樣摔倒在地，但很快地，它就像是什麼事都沒發生過似的坐起身，緊抓著裝有魔晶石的皮袋重新坐好。

「現在變回核桃了嗎？」

「嘎嗚～」

凱特聽到核桃用叫聲回應自己的確認之後，就稍稍鬆了口氣，並抱起核桃。

諾多拉德用研究學家的眼光直直凝視著出現這一連串變化的核桃。

「嗯。真有趣。明明距離這麼遠，竟然不只能同步視覺跟聽覺，還能行動自如。」

「諾多先生，現在不是探討這個的時候。」

凱特緊緊抱住核桃，替它擋住諾多拉德的視線，並用冰冷的眼神瞪了回去。被這道視線狠狠刺中的當事人顯得不怎麼在乎，只是聳了聳肩，搖搖頭說：

「我不會對它怎麼樣。不說這個了，珊樂莎提到的『應急箱』是什麼？」

「喔，那個喔。那是她在出發之前拿給我的，說有緊急狀況再打開來。我也不知道裡面裝什麼……」

艾莉絲翻起自己的行李，拿出放在最裡面的箱子。

這個金屬箱的大小跟攤開的筆記本差不多，厚度是一個拳頭厚。

她一打開緊緊蓋著的箱蓋，凱特跟諾多拉德就好奇地查看裡面裝著什麼。

「……裡面裝了好多東西。」

「是啊。這些鍊藥……是用來解毒、治病跟療傷的。記得她說是放比較貴一點，也比較通用的東西在裡面。」

「店長小姐說的『貴一點』一定跟我們的認知不一樣。還真有點怕到底有多貴。」

「嗯。而且她說這個箱子裡面的東西用了要收錢，不像共鳴石是免費的。」

「跟剛才那個存了『冰壁』魔法的魔晶石一樣。」

沒有使用就不收錢，就表示能免費得到緊急時刻可以用來應急的工具，一般很少有人願意這麼慷慨。

不過，艾莉絲跟凱特扛了不少債務，不免為可能再增加大筆債款感到戰戰兢兢。

而且也因為是應急用品，品質都非常好。這令她們心情複雜得不曉得該高興，還是害怕。

「諾多，可以麻煩你幫忙負擔費用嗎？」

「唔～我們會被困住應該有一部分是我害的，我是很想負擔全額……可是那些鍊藥都很貴吧？」

「果然很貴嗎？」

「因為是通用型的。會比專門治療某種疾病或毒素的鍊藥貴上好幾倍……不對，搞不好會貴幾十倍。只是效果也的確好到不幸負它的價格。」

通用的鍊藥效果會比只治療某種症狀的差，但是不知道自己出門在外會得什麼病，又或是中什麼毒的情況，也很難只帶治療特定症狀的鍊藥。

所以可以通用的鍊藥會方便許多，然而能治療多種症狀的鍊藥製作難度跟材料成本都非常高，導致售價必然飆漲。

艾莉絲跟凱特的收入不太能負擔它的昂貴價格。

「反正我們應該用不到解毒跟治病的鍊藥吧。治療傷口的鍊藥倒還有可能用到。」

「艾莉絲，妳知道講這種話，通常就會發生以為不會發生的事情嗎？而且除非要一直待在這裡，不然我們也不知道往裡面走會不會有毒蛇或毒蟲。」

先不論會不會發生原本以為絕對不會發生的事情，至少這裡是他們從來沒細心探索過的洞窟，幾近陌生。

存在毒蟲的機率一定不低，頂多無法預測毒性是強是弱。

凱特的中肯話語讓艾莉絲難以反駁，發出「唔」的聲音。

「總之……萬一真的要用到，我們也會跟店長閣下交涉看看。」

「到時候就麻煩妳們了。如果真的貴到付不起，我也籌不出錢來。」

「嗯。好，再來……是『湧水瓶』。店長閣下曾拿給我看過。」

「太好了。剛好我們的水很可能會不夠。食物倒是還夠我們吃。」

乍看只像是普通水瓶的湧水瓶也是鍊器。

它的大小跟長得較高的杯子差不多，只要灌注魔力進去，就能製造一整瓶的水。

只要魔力量有到一般人平均水準就可以完全不帶水，只帶這種鍊器出門，非常方便。

不過，就算魔力再多，它在一定時間內能製造的水量還是有限。比如凱特跟珊樂莎對湧水瓶灌注魔力的時間一樣長，製造出來的水量會是一模一樣。

持續灌注魔力一整天可以製造出足以裝滿好幾個泡澡桶的水量，但是一般人不到十分鐘就會把魔力耗光，不太可能實際做到這種事。

「還有另一個顏色不一樣的水瓶，這個橘色的水瓶有什麼功能？」

「這個也能製造水……製造出來的水會很甜很好喝。」

「……什麼怪東西？」

「呃，妳這樣問我，我也不知道怎麼回答。畢竟這是店長閣下做的……」

凱特一本正經的提問讓艾莉絲很傷腦筋，不知道該如何回答。

諾多拉德則是睜大了雙眼，似乎是有點驚訝。

「那種鍊器很少見。因為幾乎不會有人特地做出來。」

「是嗎？可是店長閣下說她是順便做的，聽起來講得很輕鬆耶。」

「聽說製作難度也很高，可是問題是沒有人會想用。它會比製造一般的水需要更大量的魔力，而且一個人會需要用到湧水瓶，應該也不會有餘力多花魔力喝好喝的水吧？尤其想喝甜的飲料，直接去城鎮裡買就好了。」

順帶一提，這種鍊器跟湧水瓶在品質相同的前提之下，消耗的魔力會多十倍，製造出來的水量卻只有十分之一。

若只是要補充水分，效率實在太差了。

但是它有個好處是能在補充水分的同時補充糖分，看似在野外受困的時候會很有幫助——實則沒有想像中方便。

一般人一天頂多用這種特殊湧水瓶製造出一杯或兩杯水。

除非魔力夠多，否則根本不可能用來補充自身活力。

珊樂莎會放這個特殊湧水瓶在箱子裡，或許是考慮到可以透過攝取糖分，來減輕面對危急情況所產生的精神壓力。

「看來這個用不太到。這種水瓶製造的水真的好甜好好喝，真可惜……」

艾莉絲有點遺憾地看著凱特手上的湧水瓶，接著從箱子裡拿出魔晶石。

而會放在應急箱裡的，當然不是普通的魔晶石。

「那個是不是跟剛才製造冰牆的是同一種魔晶石？」

「是啊。存在裡面的魔法好像有好幾種。」

「這個也很貴……諾多先生。」

「我知道。真的有危險的時候就用吧，不要猶豫。錢我來付。」

「太好了。如果要我們自費，搞不好把諾多給我們的酬勞全部拿去付錢都不夠……」

艾莉絲跟凱特檢查魔晶石帶有什麼效果，並一一放進口袋裡。

魔晶石的數量不多，說不定真的只能在不得已的時候用。不過，這對無法使用強勁魔法的三人來說，想必是相當可靠的救命稻草。

箱子裡只剩下三個可以放在掌心上的小箱子。

「這個箱子……是攜帶乾糧。我有看過這種乾糧，但是還沒吃過。」

「我有試吃過。好像一天吃一兩顆就夠了。」

「吃那樣就夠了？那看來應該有好一陣子不需要擔心餓死，太好了。」

紙箱裡裝著每邊約一公分的方塊。

箱子裡疊著三層方塊，一箱大約裝著三百個。

「剩下兩箱……呃，原來是三種顏色不一樣的。」

艾莉絲看到凱特打開的那一箱——也就是裝著白色方塊的那箱時，表情還顯得有點高興，卻在看到第二跟第三箱的綠色與黃色方塊之後，瞬間垮了下來。

「怎麼了？妳那邊的跟這個有什麼不一樣嗎？」

「嗯，凱特拿的那一箱是最好的。那種很好吃又很營養，還像我剛剛說的一樣，吃一顆就可以撐過一天。」

然而，一天只需要一顆是一般成年男性在村子裡正常生活這種活動量少的情況。

如果是工作上需要重度勞動或採集家等活動量較大的人，只吃一顆就會不太夠，必須再多吃一顆，或是多吃其他食物補足營養。

「再來是黃色的。這個很甜很好吃，聽說可以補足人一天需要的活力，可是只吃這個會生病。我也不是很懂為什麼會生病。」

「應該就像那個吧。像只吃麵包雖然會飽，可是不吃肉跟蔬菜會對身體不好一樣。」

大多人都能憑經驗知道只吃穀物會影響身體健康跟生長，只有少數人知道詳細原理——例如擁有醫學知識的鍊金術師，跟研究學家等學識豐富的人。因此，即使三人已經比一般人更有學識，也只是略知一二。

「原來如此。妳這樣說，我就懂了……我還是覺得白色的可以單獨吃很神奇。」

「可能它會比較貴，也是貴在可以解決缺乏營養的問題吧。」

「這個白色的果然比較貴嗎？」

「對。它的價格一定比綠色的還要貴至少五倍。」

「五倍……意思是諾多看過綠色的這種，也知道它很難吃嘍？」

「咦？也沒多難吃啊。雖然我也不至於覺得它好吃，可是它除了味道以外完全無可挑剔，還可以一天只花十秒鐘吃飯就好。很忙的時候吃這個很方便。」

綠色攜帶乾糧的販售價格一顆只比庶民一天餐費高一點。

它省時又方便，價格對靠頭腦吃飯的人來說並不貴，但大多人都會跟艾莉絲一樣認為它的口感是「很苦又很像在吃草的餅乾」。

除了諾多拉德這類異於常人的人以外，並不會有人喜歡吃它。

另外，黃色的價格介於綠色與白色之間。

所以光是這三箱攜帶乾糧，就值不少錢了。

「……總之，我們先不管乾糧的味道了。這裡總共有九百顆，每天吃兩顆，應該夠我們活過一百五十天。」

凱特蓋上攜帶乾糧的箱子，語氣聽起來似乎鬆了口氣——

「唔～應該撐不了那麼久吧？」

這讓諾多拉德不禁露出複雜神情，對此表達疑惑。

「呼。」

「珊……珊樂莎小姐，他們沒事吧！」

意識一回到自己身上，就感覺到坐在隔壁的蘿蕾雅不斷大力搖晃著我。

「啊～抱歉，等我一下……」

「好……好的。」

我不習慣跟距離這麼遠的鍊金生物同步意識，負擔比想像中還要大，甚至覺得身體活動起來很不自在。我扶著暈眩的腦袋，「呼～～」地大大吐了一口氣。

「那個，妳還好嗎？」

「嗯，我只是有點累——好了。他們現在……」

我在不會感到不自在之後抬起頭，仔細說明剛才聽他們三個解釋的現況。蘿蕾雅聽得面色逐漸鐵青，渾身顫抖。

「該該該……該怎麼辦才好！」

「妳先冷靜。他們的處境的確不太好，可是也還不是最壞的情況。而且他們現在被困在裡面還沒有立即性的危險，人也沒受傷。雖然不知道能不能逃出來，但他們有找到通往更裡面的路，食物……應該也還夠他們撐很久。」

我交給艾莉絲小姐的應急箱裡面有攜帶乾糧。

只要能忍受它很難吃，就可以撐過很長一段時間，再加上我本來就擔心可能會發生類似的意外，多放了很多東西進去——抱歉，事實沒有我說得這麼好聽。

其實是艾莉絲小姐在共鳴石做好之後滿臉羞紅還很不知所措的模樣害我很有罪惡感，才會多放一些比較高級的東西。

還順便把我做出來以後發現用不太到的東西也一起放進去。

「不過，要是他們找不到方法逃出那個洞窟，就會變成只是讓他們晚一陣子才死而已。」

「那就要趕快救他們才行了！」

「嗯。所以，我也得幫他們想想辦法。」

著急也沒有用。蘿蕾雅聽到我努力保持鎮定地對她這麼說，隨即坐回椅子上思考解決方案，煩惱得不斷發出低吟。

「……珊樂莎小姐有辦法親自去救他們嗎？」

「那樣當然是再好不過，可是我一個人很難過去那裡，再加上地點跟洞窟裡的現況都很麻煩。」

首先是地點。上一次我只能帶艾莉絲小姐跟凱特小姐去，就是因為需要穿戴特殊裝備，而且現在我這裡只有我自己這一套防熱裝備。

再來是洞窟裡的現況。假如只是單純的坍方，我說不定還能自己一個人過去救他們，可是現在裡面又出現了火蜥蜴。

我貿然去救人，可能連我自己都會喪命。

救人脫困最重要的一點，就是要能確定自己可以在安全的環境下救人。

勉強自己去冒險，也只會連救人的一起出事，增加無謂的犧牲。

「那，再打倒一次火蜥蜴——」

「很難。我們上次是想盡了辦法才終於搞定牠，連當時準備得那麼齊全都差點失敗了。」

可以說是多虧我這裡的冰牙蝙蝠牙齒存貨夠多，才好不容易成功打贏牠。

當然，我現在根本不可能在短時間內收集到一樣數量的冰牙蝙蝠牙齒。

「那……那到底該怎麼辦才好……」

「基本上大概只能指望他們靠自己脫困了。反正好像還能再往更裡面走，就請他們先仔細探索看看……只是，應該還是需要從外面支援他們。」

「有什麼方法可以支援他們嗎？」

「有個鍊器可以找到出口在的方向——正確來說是確認洞窟裡的路有沒有跟外面相通的鍊器……」

問題就在它「只能知道有沒有相通」。

也有可能真的走到底，卻會發現很難從洞口脫困。例如跟外界相通的洞小到人類過不去，或是單純抵達一個可以遠遠看到天空的洞穴底部，又或是洞口在斷垣殘壁上。

而且這還是品質特別好的情況，一般只能知道「一定距離內沒有死胡同」。

「感覺那樣就夠方便了，可是也要我們能把鍊器交到他們手上才有用吧？」

「其實也不是沒辦法。因為核桃在他們身邊。」

鍊器本來就是一種讓所有人都能使用魔法的工具。

換句話說，鍊器辦得到的事情，魔法當然也辦得到——至少原理上是這樣。

實際上並沒有那麼簡單。

比如完全追求強大攻擊力的攻擊魔法會是直接用魔法比較快；假如是很細膩又複雜的魔法，就會是花時間畫出魔力迴路，再用珍貴的材料做成鍊器來使用會比較容易成功。還是得看想應用在什麼地方。

並不能單純用魔法比較好，或是鍊器比較厲害的觀點來看。

唯一可以說鍊器好過魔法的部分，大概就是不會用魔法的人也能使用鍊器了吧？

「我想想……所以是珊樂莎小姐要透過核桃用那個……探索魔法？來幫他們找路嗎？」

「妳腦筋轉得真快。雖然還是會有些困難需要克服，但的確很接近妳說得那樣。應該可以幫到他們。可是……」

「可是？」

「可是我還不會做那種鍊器。」

「那還是沒轍嘛！」

我記得曾聽說那種鍊器是在第六集還是第七集裡面。

鍊金術師的等級會影響到能看見的《鍊金術大全》集數，可是我也不可能現在就為了能看到第六集的內容，把第五集的東西全部做出來。

「唔～其實也有一種比較投機的方法……」

就是請能看到後面集數內容的人抄下來，或是直接教導製作方法。

這樣就算看不見《鍊金術大全》的內容，也一樣可以製造出後面集數的鍊器。

「呃……那樣……合法嗎？」

「其實這樣不太好……但其實算合法。」

鍊金術師也是要賺錢的。大家不可能溫柔到讓來修行的菜鳥做些沒有要擺在店裡賣的道具。所以，菜鳥一般會在前輩或師父的指導之下製作客人訂製的商品，有時候就會需要製作後面集數的東西。

當初在師父店裡打工的時候，也不是從第一集照順序開始做。

我那時候只是照著師父的吩咐鍊製，就把第一到第三集的所有道具做完了。大概——不對，絕對是師父刻意安排的。

「但是這次……師父搞不好不會幫忙。她不願意幫的話，再想想其他方法吧。」

畢竟本來是要讓監督者可以輔助鍊製失敗的新手，才會允許這種做法。

「總之，還是要先問問看再說。」

我立刻著手書寫要傳給師父的信。

我在信上詳細解釋事情原委。因為不講清楚，師父大概會直接拒絕幫忙。

「那個，有什麼我可以幫忙的嗎？」

「唔～妳跟平常一樣幫我顧店就好。如果沒有人幫我顧店，我也沒辦法專心救他們。」

「當然沒問題，不過，還有沒有其他事情可以幫……？」

我知道她很希望自己可以為這場救援多做些什麼，可是蘿蕾雅的腦筋再怎麼比同年齡的人靈活，也還只是個未成年的孩子。

她的體力沒有特別強，戰鬥技巧也只有一般人的水準。

救人途中可能會出意外，進去森林也很危險。所以我不會要她直接參與救難。

「啊，對了，妳之後可以幫我補充育苗輔助器的魔力嗎？我想節省我的魔力。」

即使蘿蕾雅的魔力遠遠不及我的魔力總量，也不是不可能遇到缺這一點點魔力，就會攸關艾莉絲小姐他們生死的情況——不對，應該不會有這種事。

但是那種可能性不完全是零，再加上請她幫忙補充魔力可以滿足她想幫忙的心情，還能順便訓練操控魔力。

而且蘿蕾雅也大大呼出一口氣，看起來已經卯足了幹勁。

「好！包在我身上。還有其他事情需要我幫忙就儘管說，不要客氣。」

「嗯。需要妳幫忙的時候會再跟妳說。」

師父的回信來得意外迅速。

她傳了我問的那個鍊器──「逃脫路徑偵測器」的詳細製作方法，還有一封寫著「萬一真的束手無策，可以再聯絡我」的信。老實說，我很想盡量避免跟師父求救。

因為如果得花錢請師父那樣的大師級鍊金術師幫忙救人脫困，金額絕對會是難以想像的天價。

連前陣子才勉強幫洛采家還清的債款，都會顯得微不足道。

不過，師父雖然不太坦率，卻也真的很好心，或許會把價格壓低到我們負擔得起的程度……只是我不希望麻煩師父到那種程度。

尤其大師級鍊金術師對社會擁有相當大的影響力，我自己也知道找她去當地幫忙一定不會單純只有錢的問題。

「只是萬一她們兩個真的有生命危險，我還是得考慮哭著求師父幫忙啦。」

畢竟我不希望艾莉絲小姐跟凱特小姐在這次意外中犧牲。

問我怎麼不關心諾多先生嗎？說來或許很冷淡，但我不在乎他的死活。

——不對，我反而想叫他負起引發這場意外的責任。

我自己也是把鍊金術擺第一，不是無法理解把研究擺第一的心態。

但是別把艾莉絲小姐跟凱特小姐拖下水。

就算他付的酬勞再高，我還是有點無法原諒他這次惹出這種麻煩。

「……算了，現在還是先分析這個比較重要。」

師父送來的紙上寫著逃脫路徑偵測器的製作方法。

我必須先了解這種鍊器的構造，再進行拆解，抽出其中的魔法。

一般會設計成把魔法融入鍊器，而我現在必須做相反的步驟，不過其實不會太困難。拆解本來就比組裝簡單。

比較難處理的是要讓核桃可以用那種魔法的方法……

「果然還是應該跟魔力迴路並用嗎？我還得避免核桃因為魔力過低瓦解，看來是非用到魔晶石不可了？唔～比我自己用魔法困難太多了……」

而且就算研究出方法了，也只能「讓他們可以辨別哪條路有可能跟外面相通」。

我沒有樂觀到會認為光靠這個鍊器，就能幫助他們逃出來。

我得要再多想幾種方法才行。必要的話，也得考慮親自去現場救他們。

「其他可能派得上用場的鍊器……說不定還得做些鍊藥，以防萬一……？」

我想了好幾個方案，又覺得不太可行而重新擬定。我就這麼不斷思考該怎麼平安救出艾莉絲小姐他們。

◇　◇　◇

「諾多，你怎麼會這麼想？」

諾多拉德否定了凱特覺得可以在洞窟裡活上一陣子的想法，使得神情摻雜著不安跟焦躁的艾莉絲皺起眉頭。

「喔，妳們或許沒什麼感覺，但是這裡的氣溫高得嚇人啊。」

「咦……啊！」

經過諾多拉德這麼一說，凱特才發出驚呼。

艾莉絲跟凱特穿的防熱裝備品質好到待在岩漿旁邊也不會覺得熱，這附近的氣溫甚至不會讓她們感到任何不適。

不過，諾多拉德的防熱裝備效果比她們兩個的還要差上不少。

仔細看看他的額頭，就能看到他已經滿頭大汗，還不時滴落地面。

「原來還有太熱的問題……諾多，你還好嗎？」

「我有鍛鍊過，還可以。幸好我跟珊樂莎訂做的飄浮帳篷有調節溫度的功能，不在乎會耗魔力的話，是還可以在裡面休息。別擔心。」

「這樣啊……嗯？那你為什麼會覺得我們撐不久？」

艾莉絲稍稍鬆了口氣後，又馬上疑惑問道。

「是因為魔力。我的防熱裝備也是穿著就會消耗魔力，尤其周遭氣溫愈高，就會消耗得愈凶。」

防熱裝備本身有相當優秀的隔熱效果，但當然不可能單靠隔熱就能在高溫環境下過得很舒適，還是得藉由魔力增強隔熱效果，以及冷卻裝備的內側。

消耗的通常是穿戴者本人的魔力，消耗量會跟周遭氣溫成正比。而就算消耗的量少，也依然會讓穿戴者處於持續消耗魔力的狀態，造成身體負擔。

「妳們的防熱裝備品質再好，也不是完全不會消耗魔力吧？」

艾莉絲跟凱特的防熱裝備效果的確好到不可能在商店看到這種上等貨。

它還同時具備讓對戰鬥跟魔力量有自信，卻也沒多少體力的珊樂莎都能長時間走動的舒適性。

消耗的魔力也低到連魔力量低上不少的艾莉絲跟凱特，都能正常跟珊樂莎同行。

珊樂莎當初是懷抱著不希望只有自己一個人很舒適的罪惡感，來打造她們兩人的防熱裝備，所以她們的防熱裝備被特別設計成正常狀態下不需要顧慮消耗的魔力量。然而，她們並不知道艾莉絲的魔力量夠不夠讓她在高溫環境下待上幾十天。

艾莉絲跟凱特一想到這裡，表情也開始凝重起來。

「這……這問題的確滿嚴重的。」

「對吧？而且沒魔力發揮隔熱效果又會熱到降低魔力恢復的速度，還會消耗更多的水。」

「再加上水也要用魔力製造……情況只會愈來愈差。」

「嗯。反正……我自己只要不增加額外的運動量就好，可是妳們就得保留可以隨時應戰的體力了。」

「把這個脫掉的話……啊，不行。不穿這個就算沒有要應戰，也不一定能撐過一天。」

周遭氣溫並沒有高到「不穿防熱裝備會立即致命」，但是不做任何防熱措施，還是會睡個一晚就因為中暑而亡。

艾莉絲也是才剛脫掉外套，就熱得馬上改變主意，重新穿回去。

「也就是說，魔力一耗光，也別想活了。」

「沒錯。雖然多少可以用魔晶石撐著，但魔晶石一用光就沒戲唱了。除非妳們魔力恢復的速度特別快。」

「……不，應該就像諾多先生說得一樣，魔晶石用光就完了。」

防熱裝備跟湧水瓶消耗的魔力若能跟魔力恢復的速度互相抵消，至少還能維持現狀。然而不用說是艾莉絲跟諾多拉德，連三人之中魔力最多的凱特，都很可能沒辦法在這種環境下保持恢復量大於消耗量。

再加上若因為戰鬥等因素消耗掉體力，也會影響到魔力恢復的速度，進而導致需要消耗更多水，到頭來只會加快魔力減少的速度。

「唔唔唔……今天如果是店長閣下在這裡，可能就不會有這種煩惱了……」

「畢竟我們的魔力沒有她多。不過，我覺得我們的處境其實已經算很好了。」

他們運氣好有應急箱可以協助度過危機，否則他們本來必須自己面對糧食跟水的問題。

「那接下來換討論我們在這種魔力有限的狀態下，該採取什麼行動吧。」

神情略顯疲憊的諾多拉德擦了擦汗水，露出微笑。

一行人討論了一陣子過後，並沒有討論出值得一試的方案。

就算要待在原地等待救援，也只有珊樂莎有可能過來幫助他們脫困。

不過，珊樂莎其實並沒有義務跟責任這麼做。

雖然她一定會努力協助艾莉絲跟凱特，然而兩人的臉皮並沒有厚到可以完全仰賴珊樂莎的好意。

而無法挖開崩塌通道的他們，能做的就只有往更深處前進。

往深處前進是可能遇上新的威脅，可是他們別無他法，而且光是能找到氣溫較低的地方，就可以降低魔力消耗的速度。

艾莉絲等人基於上述理由，開始往更深處前進──

「……不覺得……氣溫……好像變高了嗎？」

大約半天過後，諾多拉德斷斷續續地說出了這番話。

三人剛出發的時候，還能感覺到洞窟是通往上方，頂多有些小幅度的上下起伏。

然而不久後就變為下坡路，甚至已經走到可能比崩塌位置更底下的地方了。這或許就是氣溫上升的原因。

穿著高品質防熱裝備的凱特跟艾莉絲沒有感覺到氣溫變化。凱特大概是不好意思提及這件事，沒有直接回答諾多拉德的疑問。

「要不要幫你補水？」

「謝謝……」

諾多拉德一邊擦拭汗水，一邊把幾乎見底的水袋遞給凱特。

凱特把湧水瓶的瓶口對準接過的水袋，用自己的魔力倒水進去。

「凱特，妳的魔力會消耗太多嗎？」

「目前還好……這大概是託店長小姐的福。」

這已經是凱特第四次幫諾多拉德補水了。

一般人一天可以製造的水量大約是十五到二十公升，補了四次水再加上防熱裝備會持續消耗魔力，照理說，應該連魔力偏多的凱特也差不多快要消耗過多魔力了，但她目前還沒有感受到魔力過低引發的疲勞。

「那真是太好了。要是連水都要少喝一點，我的肌肉就要受不了了。」

「「…………」」

艾莉絲跟凱特很想吐槽他：「受不了的是身體，不是肌肉吧？」不過，諾多拉德倒也沒有說錯。

三人現在走的路不同於從洞窟入口走到火蜥蜴所在地的那條路，完全是維持原始狀態的洞窟。他們必須跨越大塊岩石、攀爬岩壁、蹲著走過洞頂較低的路，又或是得卸下背上行李，橫著走過狹窄小路。

這讓他們得花更多時間才能走得遠，甚至路上常常需要耗費大量臂力，導致扛著最多行李的諾多拉德手臂已經疲憊不堪。

「是說，這條路真的比原本預料的還要難走耶。」

「跟我們一開始走的那條路差好多。」

「大概是因為火蜥蜴平常會從那條路進出，明顯好走很多。」

「意思是火蜥蜴不會來這附近，對吧？」

這的確令人放心，可換個角度想，就是不一定能通到外面。

不過，他們就算知道有這個可能性，也沒有人想特地說出口。

「……諾多，你還走得動嗎？」

「老實說，我快走不動了。畢竟今天真的滿累人的，除了調查以外，還要逃離火蜥蜴的追殺，又要探索地形險峻的洞窟。」

「的確……」

「嗯，是啊……」

艾莉絲跟凱特在聽到諾多拉德這番話之後面面相覷，很感慨地點了點頭。

他們在短短不到一天之內遇到了這麼多事情。

要不是遭遇意外——不對，正確來說是人為的意外，他們早就踏上歸途了。

艾莉絲一想到這裡，就感覺心裡湧上一股淡淡的殺意。

她努力壓抑這股情緒，對諾多拉德詢問：

「你知道現在大概是什麼時間嗎？我覺得我們差不多該休息了。」

「喔，等我一下。我平常調查需要分時段，所以我有時鐘。我看看……外面已經日落了。現在睡覺還有點太早，要休息了嗎？」

諾多拉德拿出放在行李當中的時鐘告知時間。艾莉絲回答：

「現在先休息應該比較好。你應該也撐不住了吧？」

「老實說，對。只有連續幾天這麼累可能還好，但總不可能長期下來都這樣。」

「好。那我們吃完晚餐就休息吧。攜帶乾糧以外的糧食……應該還是早點吃掉比較好。」

「是啊。要是放太久壞掉不能吃，也很浪費……雖然氣溫高成這樣，搞不好反而不會壞掉呢。哈哈哈……」

「我是不知道會不會反而不會壞……總之，比較容易壞掉的還是早點吃掉吧。今天晚餐可能會豐盛一點。」

「希望這不會是我們最後的晚餐……」

「「…………」」

艾莉絲這句無法只以玩笑話帶過的話使得所有人陷入沉默。眾人靜靜吃完凱特做的豐盛晚餐之後，便決定提早就寢。

穿著防熱裝備在飄浮帳篷裡休息比三人想像的還要更加舒適，然而或許是一直在消耗魔力，又或是受困洞窟產生了不小的精神壓力，他們並沒有睡得很好。

一行人甩了甩有點沉重的頭，拖著沉甸甸的身體起床，並在吃完比昨晚寒酸許多的早餐之後，繼續往洞窟深處走去。

通道的地形依然險峻，唯一值得慶幸的，大概就是沒有岔路了。

他們在路上有看見幾處完全鑽不進去的小洞，但就算跟外面相連，出不去也是沒有意義。這也讓三人不需要煩惱該走哪一條岔路的問題。

不過，他們這份好運只持續到當天中午。

「——是岔路。」

「是啊。只是正確來說不是路，是裂縫。」

「看來應該不需要研究走哪一條路會比較好。」

三人碰到的是勉強可以擠進一個人的三條縱向裂縫。

裂縫非常深，最底下甚至窄到連腳都踩不進去，必須用手撐著兩側牆面前進。

三條裂縫難走的程度相差不大，因此正如凱特所說，他們應該不需要煩惱哪一條裂縫比較好走。

「……煩惱要走哪一條也沒用。大概也只能照順序走走看了。」

艾莉絲一想到接下來的路程想必極為艱難，就不禁深深嘆了口氣。

第二天過後，一行人探索洞窟的旅程並沒有得到多少進展。

洞窟裡本來就已經地形險峻，卻不只出現岔路，還大多是必須回頭重走的死路，勢必造成三人精神與肉體上的沉重負擔，需要多花時間休息。

這使得能探索的時間隨之減少，不包含折返路程在內的前進距離也是少之又少。

第四天，就在白費力氣造成的精神負擔已經讓所有人都不怎麼開口說話時，以省魔力狀態抓著艾莉絲行李的核桃忽然發出了聲音。

「嘎嗚！嘎嗚！」

「……啊？喔，核桃，你怎麼了？肚子餓了嗎？」

「真是的，艾莉絲妳清醒點！一定是店長小姐啦！」

凱特拉住累到胡言亂語的艾莉絲的手。核桃在眾人停下腳步後跳到地面上點點頭，像是在肯定凱特的猜測。

核桃接著看了看艾莉絲等人的臉，在地上寫下文字。

『你們很累嗎？』

「抱歉讓妳看到我們狼狽的樣子了。雖然店長閣下給的防熱裝備讓我們能撐過這裡的高溫，路上也沒有遇到很消耗體力的戰鬥，可是……」

艾莉絲言行再怎麼不像貴族，也的確是貨真價實的貴族千金。

她成為採集家以後的生活環境比先前嚴苛，出外採集也是當天來回，很少經歷必須在外過夜好幾天的長期採集行程。

像上一次討伐火蜥蜴的行程對她來說也是相當艱難，但當時有珊樂莎這個強大戰力，還有厄德巴特跟卡特莉娜兩位家長同行，整趟旅程的安心感比這一次大上不少。

然而這次只能完全由自己跟凱特應戰，又存在需要保護的委託人——諾多拉德，甚至身陷不知道是否能順利脫困的危機。

這導致她們受到的精神壓力遠比身體疲勞嚴重許多。

至於因為裝備品質不及艾莉絲跟凱特，體力消耗得非常迅速的諾多拉德則是曾經在更加嚴苛的環境下長期觀察魔物，以及多次面臨危機，精神上的負擔相對較小。

「其實我們有點擔心會耗光魔力。尤其湧水瓶跟防熱裝備是很重要的維生工具，魔力一耗盡，就會有生命危險。珊樂莎，這方面妳有什麼想法嗎？」

核桃對這道疑問表現出疑惑，並在地上寫下另一段文字。

『艾莉絲小姐跟凱特小姐的魔力夠多，不需要擔心。除非用太多次橘色的湧水瓶。』

「什麼？真的嗎？」

「我們還以為只能勉強抵消魔力消耗的速度耶。」

『沒那回事。除非妳們堅持要洗澡，不然現在的氣溫還不會耗光妳們的魔力。』

艾莉絲跟凱特在看到核桃寫的這串文字之後，都安心地大大鬆了口氣。

「不，我們是不至於在這種時候還想要洗澡……所以，我們可以當作是一直穿著防熱裝備，路上在飄浮帳篷裡休息，再用湧水瓶製造多到喝不完的水，都不會把魔力耗光，對嗎？」

『對。凱特小姐的魔力本來就比較多，而且艾莉絲小姐的魔力也不算少。』

「原來如此……感覺心情突然輕鬆了很多。」

『橘色那個也是一天可以倒一杯水的量。偶爾還是要喝點甜的轉換心情。』

其實，這也是為什麼珊樂莎會把橘色的湧水瓶放進應急箱裡面。

她是考慮到萬一因為攜帶乾糧吃完而陷入必須自己找食物的困境，或許還是可以藉由一天喝一次甜的飲料抒發不少壓力。

『前提是只用我給妳們的鍊器。如果還有用其他鍊器，我就不敢保證了。』

「我想也是。畢竟每個鍊器消耗魔力的速度都不一樣。一般鍊金術師做出來的東西，怎麼能跟大師級鍊金術師親自指導過的徒弟相比呢。不過，原來妳做的鍊器消耗的魔力這麼少啊……太厲害了。」

『飄浮帳篷可以用魔物材料當燃料。只是有點浪費。』

鍊器一般會需要使用者的魔力或魔晶石才能正常運作，但也能用魔力較多的物體當燃料——例如冰牙蝙蝠的牙齒。

不過，若不是「冷藏櫃跟冰牙蝙蝠牙齒」這種屬性相符的情況，魔力轉換效率就會大幅降低。

降低的幅度比珊樂莎曾考慮過的「把冰牙蝙蝠牙齒加工成魔晶石」還要嚴重，非常蹧蹋燃料本身的價值。

「原來如此。等到真的束手無策，再用魔物材料來當燃料吧。畢竟這些東西再貴，也要回得去才能賣錢。」

「這樣講也太不吉利了吧！」

「可是，實際上不就是這樣嗎？我也是一直以來都把自己的性命擺在第一，才能活到現在。如果要丟掉昂貴的實驗工具才能逃得掉，我一定不會猶豫。做魔物研究的人沒有我這麼果斷的話，可做不來喔。」

諾多拉德有些得意洋洋地說道。但在一旁聽他大放厥詞的艾莉絲跟凱特臉色只能用複雜來形容。

「那我還真希望你做實驗的時候可以謹慎一點……」

「諾多，你可別忘了就是你害我們被困在這裡的喔。」

「這個我知道。不過，畢竟還是實驗比較重要。我願意為了活著完成我的實驗，拋棄所有東西。」

雖然聽起來有點矛盾，但假如他真的完全把性命擺第一，就不可能做好研究魔物這種容易遭遇危險的工作。諾多拉德或許自己心裡有衡量實驗必要性跟危險性的標準，只是常人非常難理解他的想法。

至少艾莉絲跟凱特是無法理解。諾多拉德挺胸主張自身信念的模樣，使艾莉絲無奈地將視線轉向核桃身上。

「那，店長閣下，妳有辦法……幫我們做些什麼嗎？」

由於氣氛尷尬，艾莉絲的語氣也稍顯遲疑。核桃點點頭，又寫了一段文字。

『喔，對。我幫你們準備了逃脫路徑偵測器。』

艾莉絲跟凱特對核桃寫的這段話沒有頭緒，不過，諾多拉德似乎知道這種鍊器，說：

「嗯。逃脫路徑偵測器啊……我聽過這種鍊器。」

「是嗎？我倒是沒有聽過。」

「畢竟一般人很難用到這種鍊器。這種鍊器只有在探索陌生洞窟或坑道的途中發生意外才會用到，用到它的機會非常少。」

諾多拉德會知道，是因為他以前想調查棲息在洞窟裡的魔物時，剛好在事前勘察的途中耳聞這種鍊器的存在。

『那就可以省下寫字的時間了。幫我說明。』

「嗯。這種鍊器的功能就跟它的名字一樣，能找出可以逃脫的路徑。也就是說，有這種鍊器的話，我們就不會再像這幾天一樣努力了老半天，卻發現是一條死路。那些死路愈是難走，就愈容易讓我們覺得心累。光是可以避免反覆發生這種情況，就對我們非常有幫助了。」

『可是，它也有缺點。』

「是啊。這種鍊器只能確認一定距離內會不會是死路。如果途中有岔路，或是那條路太長，就沒辦法發揮效果。品質跟消耗魔力會影響到它能偵測多大範圍，那妳提供的……」

『品質會不怎麼好。用法也會跟一般不一樣。』

「我想也是。不過，妳想怎麼幫我們？我曾聽過技術高超的鍊金術師可以操控鍊金生物使用魔法，可是那只是謠言吧？」

『不是謠言。是事實。可是很難。所以，我要直接在這裡做一個。』

核桃寫下的這句話不只讓艾莉絲跟凱特倒抽了一口氣，連學識豐富的諾多拉德也是一樣的反應。

「做一個……妳說鍊器嗎？我從來沒聽說過有人這樣做……」

『我有請師父幫忙。並不是不可能。』

「原來如此，憑大師級鍊金術師的經驗跟技術應該辦得到……？」

『只是我要做的不是普通的鍊器，是類似魔法輔助器的東西。做好再給核桃用。』

「給核桃用……意思是店長小姐操控核桃來用嗎？」

凱特出言詢問珊樂莎的用意是否符合自己的猜測，卻遭到核桃搖頭否認。

『不是。是核桃自己用。我沒辦法每次都剛好在你們需要用的時候跟核桃同步，就算真的可以，也有魔力不夠的問題。差不多快見底了。魔晶石。』

核桃在寫完這段話的同時伸出手。

眾人有一瞬間只是靜靜凝視著它的手，不久凱特才突然意會到是什麼意思，連忙拿出魔晶石，放到核桃手上。

核桃把魔晶石放進嘴裡嚼碎。

「也對，還要避免核桃壞掉……」

「而且我們的魔晶石有限。」

光是現在跟珊樂莎同步，就會大量消耗維持核桃活動能力的魔力。若要避免它毀壞，當然不可能選擇長時間同步。

或許連在短時間內定期反覆同步多次都有困難。

『別浪費時間了。我需要材料。把你們現在有的鍊器跟材料都拿出來。』

「知……知道了！」

艾莉絲跟凱特拿出先前弄到的魔物材料，諾多拉德則是拿出自己的實驗工具。核桃穿梭在他們擺在地上的東西之間，挑出幾種要用到的物品。

『拿來當材料會壞掉，沒關係嗎？』

「當然沒關係。保命比較重要。只是錢包會大失血而已。」

『謝了。』

核桃一簡短寫完這句話，就急忙著手製作。

它豪邁地用爪子拆開鍊器，重新組裝過後再用爪子刮出迴路。

三人靜靜地在一旁觀察這隻熊用它動作意外細膩的熊掌打造工具，而核桃也在多吃三顆魔晶石之後完成了能夠發揮鍊器功能的輔助器。

『做好了。』

這個工具乍看之下只是個有複雜圖案的板子，還用很簡陋的方式牽著其他物體。

不是鍊金術師的三人看不出哪裡像是完成品，但既然製造者自己表示已經完成，也無法多加質疑。

「這樣……就可以用了嗎？」

『可以。對核桃說「辨識路線」就好。它很脆弱，拿的時候要小心。』

「那我來拿吧。反正要拿的行李……也變少了。」

諾多的雙眼看著遭到拆解的鍊器殘骸。

堆在一邊的殘骸明顯比用來做逃脫路徑偵測器的部分多上不少，損失總額想必很可觀。

「這些都沒有用了嗎？」

『垃圾。』

核桃簡短回答艾莉絲出於覺得可惜而提出的疑問。

鍊器本來就是種因為需要經過細膩組裝，導致萬一鍊製失敗，就只能全部作廢的東西。

要從鍊器的成品當中取出可以使用的零件其實是非常困難的工程，而且實際上會比較接近「切掉鍊器不需要的部分」，而不是「取出鍊器的一部分」。

不需要的部分不可能還會留有任何價值。

「直接丟在這裡就好了，對吧？謝謝妳，店長小姐。」

『我要切斷同步了。以後會盡可能避免完全同步。加油。』

核桃點頭回應完凱特之後，就有些匆忙地寫下這段話，並立刻像上一次一樣跌倒在地。

「咦？這麼快？……店長閣下？已經切斷同步了嗎？」

「嘎嗚。」

核桃一起身就發出叫聲，像是在回應艾莉絲的話語。艾莉絲隨即一臉意外地抱起核桃。

「感覺她最後好匆忙……我都還來不及跟她道謝。」

「大概是沒辦法再繼續同步了吧？尤其她要跟這麼遠的核桃同步，還要做很細膩的手工作業。」

「也對，她一直在做很需要專注力跟技術的事情……這下又欠店長小姐一次人情了。」

「是啊。我說什麼都要平安回去，才能跟店長閣下道謝，也才能報答她的恩情。對了，她寫的『避免完全同步』……」

艾莉絲正在想是否還存在「不完全同步」時，諾多拉德開口解答了她的疑惑。

「就是只同步視覺跟聽覺。那樣消耗的魔力當然比較少，可是核桃用逃脫路徑偵測器的時候，也會需要魔力。她的意思大概是除非事態緊急，不然不會再同步了吧？」

「也就是說，我們不能期待店長小姐會再來幫我們了？」

凱特的語氣摻雜些許遺憾，艾莉絲則是一本正經地搖搖頭，說：

「正常根本不可能有人能在這種情況下幫我們。她有辦法提供應急箱跟這個鍊器，就該謝天謝地了。我們接下來得靠現有的工具，還有自己的力量克服難關。核桃，有需要的時候也要麻煩你幫忙了。」

「嘎嗚！」

被艾莉絲抱著的核桃很有精神地舉起手，回應直直凝視自己的她。

珊樂莎遠端操控核桃製作的簡易版逃脫路徑偵測器——

眾人有點擔心它能不能正常使用，而實際測試的機會也很快就到來了。

三人先是照著珊樂莎的建議喝了一點橘色湧水瓶的水才重新出發，走了數十分鐘後，他們遇到了三條岔路。

一條是艾莉絲勉強可以站著走的通道，第二條是頂多橫著走的裂縫，第三條是必須匍匐前進的洞穴。

「之前大概會直接挑最寬的這條路……」

「看來該用用看了。畢竟店長小姐還花這麼多工夫幫我們做。」

「那……這個只要放在地上就好了嗎？」

諾多拉德把簡易版逃脫路徑偵測器放在地上，回頭對艾莉絲點點頭。艾莉絲也點頭回應他，再看往核桃。

「那，核桃。『辨識路線』。」

「嘎嗚！」

核桃一聽見艾莉絲的指示就跳到地面上，站到逃脫路徑偵測器前面，並把手放上去，發出「咕嚕嚕——」的聲音。

逃脫路徑偵測器隨著這陣低吟釋放出淡淡光芒，看見光芒的核桃隨即把手放開，開始下個步驟。

「嘎～嗚、嘎～嗚、嘎嗚嘎～嗚！」

核桃繞著地上的簡易逃脫路徑偵測器轉圈，看起來甚至有點像在跳舞。

一圈、兩圈、三圈。光芒逐漸變強——

「嘎嘎～嗚！」

核桃在這一次大喊時站穩雙腳，挺直身子迅速舉起雙手，並維持這個姿勢不動。

眾人看核桃做完這段像是儀式（？）的舉動之後沒有任何動作，便詢問：

「……結束……了嗎？」

「嘎嗚！」

核桃很有精神地出聲回應，然後先是指著最寬敞的那條路，再用雙手比出叉叉，同時再喊了一聲「嘎嗚」。

「這條是死路嗎？」

「嘎嗚。」

核桃點頭肯定艾莉絲的提問。隨後又指著像細縫的那條路，做出一樣的動作。

最後則是指向必須匍匐前進的洞口，舉高雙手比出圈圈……然而它的手太短，實在不像是圈圈。

「噗……是……是這條路不是死路的意思嗎？」

「嘎嗚。」

這讓艾莉絲忍不住稍稍笑了出來。核桃點頭肯定她的說法。

「這樣啊，謝謝你。太方便了……不過，我們竟然得走這條啊。」

艾莉絲面帶微笑對核桃道謝，卻在視線轉往那個小洞之後憂鬱地嘆了口氣。

那個小洞狹窄到揹著行李進去會被洞頂卡住。

一般人當然會想盡可能避免走進這種既狹窄，又不知道會通往何處的路。

「可是，我們也只能走這條了吧。行李……應該只能用繩子拉著走了。」

「是啊……唉。」

「艾莉絲，要不然我走最前面吧？」

諾多拉德對嘆著氣卸下行李的艾莉絲如此說道，她立刻搖頭拒絕。

「不，我不能讓你走最前面。畢竟我們是你的護衛……好！」

艾莉絲出聲振奮自己的精神，而就在她蹲下來準備爬進洞口時，核桃卻擋在她面前，拍了拍自己的胸口。

「嘎嗚嘎~嗚。」

「嗯？怎麼了？」

「……該不會是在說它要幫忙帶頭走這條路吧？」

「嘎嗚！」

核桃指著凱特，像是在說「沒錯！」。接著，它就搶先艾莉絲走進了狹小的洞口。

「嘎嗚～！」

沒多久後傳來的這道強而有力的聲音，讓三人面面相覷。

「好像……沒問題？」

「……它是要我們跟著走嗎？」

「應該是。這下心情也能多少輕鬆點了，幸好有核桃在。」

艾莉絲趴到地上，跟著走在前面的核桃匍匐爬進洞穴裡面。

一行人受困在洞窟內已經過了二十幾天。

自從知道不用擔心魔力耗盡，三人承受的精神壓力也減緩了不少。不過，他們的現況算是有好有壞。

核桃的確讓他們白費力氣的次數大幅減少，但是簡易逃脫路徑偵測器的效果有限，並不是完全不會走到死路。而且他們雖然在大約第十天過後抵達了氣溫較低的地方，卻也開始遇上魔物。

幸好出現的都是艾莉絲跟凱特應付得來的魔物，數量也不多，只是有時也會遇到黑蝮蛇等擁有強烈毒性的魔物，完全無法大意。

而兩人在這種危險環境下依然沒有用到昂貴的鍊藥，大概是拜連黑蝮蛇都咬不穿的堅韌防熱裝備所賜。

然而，這種略為舒適的情況卻在大約半天前生變。

「我感覺這附近好像又變熱了，妳們覺得呢？」

「……我覺得濕度好像變高了。」

全身穿著防熱裝備的凱特感覺不出氣溫差異，只感覺接觸到臉部的空氣帶著濕氣。她一看向艾莉絲，艾莉絲就點頭同意她的看法。

「我們往下走了很遠，可能是有地下水的水氣滲出來……通道也比先前寬敞，真希望這是好兆頭……」

「希望再不久就能走到外面了。」

「那樣說就太樂觀了。這裡的空氣流動太少，不像離外面很近。」

諾多拉德的理性思維直接打碎凱特說出口的期待。

他毫不客氣的這番話讓凱特不禁嘆氣，並搖搖頭說：

「我知道。可是就是要樂觀一點才有心情繼續走啊。」

「研究學家本來就會習慣從觀察到的現象做預測——不過，就算還沒到出口，也的確有變化了。」

諾多拉德加強照明鍊器的亮度，指著腳下這條緩坡路通往的方向。

光芒照亮了一片寬敞空間。這個空間寬敞到連加強過亮度的照明鍊器都照不出全貌，地上還遍布著大量的水，映照出照明鍊器的光芒。

「看來是地底湖。」

「不，看起來溫度明顯滿高的。或許該說是地底溫泉？」

就如諾多拉德所說，整個地底湖都冒著白白的水氣。

由於氣溫較高，水氣並沒有濃到彷彿濃霧，卻也明顯不同於一般的地下水。

「這大概也是從剛才就一直覺得濕氣變重的原因吧。」

「應該是。不過，溫泉是嗎……真好奇是整座地底湖因為外在因素變熱而已，還是從更深的地方湧出的熱泉。」

「我比較在乎這些水能不能用……你有辦法確認嗎？」

「可以是可以，但是要喝水的話，用湧水瓶不就——喔，原來如此。妳們是女生，應該不喜歡身上有臭味吧。」

諾多拉德在短暫的疑惑之後立刻輕敲自己的掌心，說出自己認為合理的猜測。

他若無其事地說出太過直接與失禮的一段話，使得艾莉絲跟凱特不禁白眼看著他。

「諾多……就算……就算你說的是事實！也不應該講得這麼明白吧？」

「啊，抱歉、抱歉。我不是說妳們很臭，而且我自己也一樣沒洗澡，怎麼可能會介意呢！」

他這番話對自己的失言毫無幫助。

問題在於他明明說不覺得臭，卻又提到「不介意」這個詞。

不過，論艾莉絲、凱特跟諾多拉德身上的味道是誰比較重——那當然是沒有昂貴防熱裝備的諾多拉德。

而且自從珊樂莎說「不堅持要洗澡就不會耗光魔力」，艾莉絲跟凱特就固定會在睡前擦拭身體。

她們也有提供水給諾多拉德，但身為魔物研究學家的他，已經習慣長時間不洗澡了。

如果有必要，他甚至可以連續好幾十天都靜靜躲在草叢裡面觀察魔物，因此他還不至於受不了自己身上的味道——只是他身邊的人就比較倒楣了。

不過，艾莉絲跟凱特身上也不是完全沒有異味。

因為即使有擦過身體，也沒有多餘的水可以洗衣服。

她們就是知道無法避免衣服異味，才會很介意諾多拉德提及味道。

「諾多先生，你應該要再多想想什麼話該說，什麼話不該說，不然沒有女人會喜歡你喔。明明你長相還算不錯，卻這麼不懂講話的藝術。」

「嗯～我幾乎沒想過這個問題。反正我現在比較喜歡做研究。」

其實諾多拉德的長相要說是英俊也不為過。

他臉上有些在野外調查途中受的傷，但不會顯醜，而且部分喜歡魁梧男性的女性想必會很喜歡他鍛鍊出結實肌肉的體格。

再加上他的研究替他換來一定程度的社會地位，財產也不算少。

真要說他的缺點，大概就是他的工作總是伴隨著危險。假如他未來打算轉換軌道，將心思集中在研究植物上，就不需要擔心這個問題。

然而，當事人自己沒有心思找伴侶，擁有再多迷人特質也是沒有意義。

「不過，嗯，我還是得避免妳們太討厭我，不然我搞不好沒辦法活著回去。我就來調查看看這片溫泉吧。」

「就算你再怎麼討人厭，我們也還是會保護好委託人啦……總之，我希望你可以幫忙調查看看水質。」

「包在我身上。還好檢查水質的鍊器沒被珊樂莎挑去用。」

諾多拉德輕輕聳了聳肩，帶著從行李裡面拿出的鍊器走往地底湖的湖邊。

檢查出來的結果是「很適合用來泡澡的非飲用水」。

地底湖的水非常清澈，很方便確認水裡有沒有可疑物體。艾莉絲跟凱特沒有理由避免在這裡洗澡。

兩人先要諾多拉德離遠一點，才開始洗衣服跟洗澡。艾莉絲覺得身體洗乾淨之後神清氣爽，神情陶醉地大大呼出一口氣。

她還不至於放鬆到會幾乎全身都泡在水裡，但僅僅是用大量熱水清洗過身體，再到水淺的地方泡腳，就足以替身心消除疲勞。

凱特坐到艾莉絲身旁，雙腳踢著腳下的熱水，放鬆力氣享受熱水澡。

「呼～太棒了……」

「是啊。連一直很介意沒機會洗的衣服跟內衣都終於有辦法洗了。」

「嗯。也幸好這附近的石頭很熱。」

周遭的石頭燙到把熱水潑上去會很快乾，卻也不會一摸到就會燙傷，很適合用來晾乾衣物。

兩人當然也趁著這個大好機會洗了很多衣服，晾在周遭的石頭上。

而現在艾莉絲跟凱特幾乎是全裸的狀態。

實在不太方便讓異性看到這幅景象。

核桃則是愉快地在兩人旁邊游泳，還濺起了水花。

它游了一陣子之後或許是游過癮了，慢慢爬上岩石，亮出自己的爪子。

「嘎嗚～嘎～嘎嗚～♪」

核桃看起來很高興地用爪子刮起岩石。

這附近的岩石並不脆弱，然而核桃的爪子卻沒有被磨斷，還在岩石上留下深深的爪痕。

看不出核桃這個舉動有何意義的艾莉絲眨了眨眼，疑惑問道：

「……凱特，妳覺得核桃在做什麼？磨爪子嗎？」

「熊會磨爪子嗎？」

「我不知道，可是牠們不是會在樹幹之類的地方留爪痕，宣示自己的地盤嗎？」

「鍊金生物不會有真正的熊的習性吧？而且它之前也偶爾會這樣。」

「是嗎？我都沒發現……」

「說不定是真的有什麼意義，可是核桃又沒辦法解釋……妳要是真的很在意，回去再問問店長小姐吧。」

「說得也是……凱特，妳覺得我們能平安回去嗎？」

艾莉絲在回應完凱特的建議之後陷入短暫沉默，隨後小聲提及內心的擔憂。凱特神情顯得不怎麼意外，並轉頭看著艾莉絲說：

「哎呀？妳這麼沒信心啊？」

「當然會沒信心。我們已經走了很長一段距離，可是單論直線距離的話，才走多遠而已？」

需要蹲著走或橫著走的路不至於嚴重拖慢腳步，但途中也不少需要匍匐前進的路，移動的速度自然快不起來。

尤其不只路上會有上下起伏，甚至很多路走著走著會折返回原本的方向，無法只朝著單一方向前進，因此這段尋找出口的過程絕對不算順利。

「老實說，我不太敢去想這個。」

「對吧？我也很希望我們有離出口近一點……可是，也不是不可能根本沒有出口。」

「畢竟這是天然的洞窟。不過，妳要絕望就等我們食物吃完再來吧。現在就放棄還有點太早了。」

艾莉絲為凱特努力擠出的樂觀話語露出苦笑。

「妳說攜帶乾糧嗎？應該還夠我們吃好幾個月。」

「不，我的意思是我們完全沒東西吃的時候。反正這裡還有魔物，而且就算這裡的魔物不太好吃，我們也還有店長小姐給的橘色湧水瓶，不要擔心。」

「呃，妳這麼說也沒錯……所以妳的意思是要我別這麼快放棄希望嗎？」

「那當然。我們要掙扎到死前最後一刻。要是被厄德巴特大人知道妳明明有辦法活下去還主動放棄機會，他一定會把妳罵到臭頭。媽媽也會把我殺掉。尤其光是讓妳遇上這種困境，她就很可能不會給我好臉色看了。」

史塔文家對洛采家的忠誠堅定到即使主人欠下大筆債款，也未曾出現動搖。而凱特是史塔文家的長女，從小就經歷過雙親的嚴格教導，好讓她未來能夠輔佐艾莉絲。

她的輔佐任務當然也包括幫艾莉絲的所作所為善後，就某方面上來說，她或許是三人之中承受最大精神壓力的人。

「嗯。到時候我會幫妳講話。」

聽到這句話的凱特稍做思考，不久忽然抬起頭，說：

「……不，這次的護衛工作就說是妳硬要承接的吧。那樣我就可以用『只是被得意忘形的艾莉絲波及』的藉口博取厄德巴特大人跟迪亞娜大人的同情，爸爸跟媽媽應該也不會太苛責我！」

「喂，那樣會變成我被爸爸跟媽媽罵耶。」

艾莉絲半瞇著眼瞪向凱特，凱特則是面露非常燦爛的笑容回答：

「艾莉絲，我們是好朋友吧？」

「……是好朋友就要代替妳犧牲嗎？」

「反正不會怎麼樣啦，厄德巴特大人一直以來都不會對妳太嚴厲。再說，當初又是誰沒有問清楚詳細條件，就直接說『這委託我接了！』的？」

「唔！妳這樣說，我就沒辦法反駁了。」

「而且到時候大家一定會看在我們剛歷劫歸來，不會罵得太凶。」

「是有可能不會罵太凶……啊，對了。要不要乾脆別把這次這件事告訴爸爸他們？」

艾莉絲的表情就像是覺得自己想到了一個好主意，然而凱特卻嘆了口氣，搖搖頭說：

「艾莉絲，我猜，店長小姐這次為了幫我們，已經花了很多錢。妳覺得她找師父幫忙會沒有花到半毛錢嗎？」

「……她師父是大師級的鍊金術師。一般向階級這麼高的鍊金術師求援，一定得送對方值天價的謝禮當酬勞。我也覺得店長閣下應該已經消耗不少成本在救我們了。」

「對吧？那個逃脫路徑偵測器也是，我覺得店長小姐再怎麼厲害，也不可能臨時做出那種鍊器。而且她很可能還幫我們做了很多事情。我們沒道理不付錢補償店長小姐這次的支出吧？」

「那當然。我可是洛采家的長女，怎麼能有恩不報。」

就算珊樂莎說不用付錢，艾莉絲也不會願意真的不付錢。甚至不只是艾莉絲，連凱特的自尊心也不允許她們這麼做。

「嗯。也就是說，我們欠店長小姐的債會變得更多——」

「就得通知爸爸他們了。」

「沒錯。」

「唔～我們當採集家賠掉的錢，是不是比賺的錢還多啊？」

「是啊。可是我們能認識店長小姐，比我們賺或賠了多少錢重要多了。畢竟她雖然不至於幫我們減少欠的債，但至少救了整個洛采家。」

「妳的意思是我們能有今天，是因為當初有緣認識店長閣下吧。連我可以活下來，都是因為有店長閣下的幫忙。」

艾莉絲感慨萬分地細聲說道，並開始陷入沉思，發出「唔唔唔……」的聲音。此時，她們聽見遠處傳來諾多拉德的聲音。

「嘿，兩位！差不多可以換我了吧！」

「啊，喔，抱歉！我們快好了！——所以，凱特，這件事我們等回去再談吧。」

「我覺得妳犧牲一下這個主意——」

「我們『回去之後』再談！好了，凱特，妳也快點擦一擦身體，把衣服穿上。不然就要被諾多看到了！」

離開溫泉的艾莉絲強行打斷凱特的話語，要她加緊腳步。

「好好好～我知道了～」

凱特語氣敷衍地回答艾莉絲，同時悄悄為艾莉絲的表情明顯比剛才輕鬆許多鬆了口氣。

三人已經受困洞窟超過三十天。

他們現在不只得承受沉重精神壓力，還得面對別的困境。

「凱特，魔晶石還剩幾顆？」

「快剩不到五顆了。要是核桃因為魔力不夠壞掉……」

「我們就會沒辦法分辨是不是死路，也沒臉見店長閣下，還可能害蘿蕾雅很傷心。」

核桃若得不到足夠魔力，遲早會無法動彈。

不一定每一個人都會認為這代表鍊金生物的死亡，但是艾莉絲跟核桃共處了非常長的一段時間，因此失去核桃不只會讓她感到很對不起珊樂莎，也會感到相當捨不得。

正當艾莉絲為諸事不順的現況心煩到不禁扶著額頭仰望時，待在她行李上的核桃忽然站了起來，跳到地面上。

「嘎嗚！」

「咦！核桃？」

「你……你怎麼了？」

核桃在休息時間以外都是抓著行李不動，除非有人對它下指示。凱特跟艾莉絲對它突然的舉動發出困惑的驚呼。核桃轉頭瞥過三人一眼，隨即跑了起來。

「它到底——」

「呃～是不是先追上去再來想它要做什麼比較好？」

「說……說得也是！」

艾莉絲等人在諾多拉德的提醒下立刻追趕核桃，然而核桃的行動能力遠遠高過三人。

核桃可以輕易通過狹窄通道，也能用爪子輕鬆攀爬陡峭的岩壁。

就連在平地奔跑的速度，都快到難以想像它的嬌小身軀跟短短的腿能夠跑得如此迅速。

假如核桃想要丟下三人，或許很快就會被它拉開距離，但它並沒有這麼做，而是停下來等三人跟上才繼續前進……眾人反覆追趕了大約一小時後。

「核……核桃，到了嗎？」

「累死人了……」

「我……我希望你……可以……不要再跑了。我……我不行了……唔噗！」

核桃總算停下了腳步。跟著停下的艾莉絲手撐著膝蓋，調整呼吸，沒有她那麼喘的凱特也略顯疲態。諾多拉德則是喘得上氣不接下氣，手摀著嘴巴癱坐在地。

「它是想帶我們來這裡嗎？」

「大概是……可是，這裡什麼都沒有啊。」

核桃停在一條看起來平凡無奇的通道。

寬度差不多夠讓人水平伸直雙手，洞頂在艾莉絲伸手勉強碰得到的高度。

真要說有什麼特別之處，就是核桃剛好站在通道往右急轉彎的彎道部分。

「核……核桃，這裡有什麼東西嗎？」

「嘎嗚。」

還在喘的諾多拉德問完，核桃就輕輕拍了拍旁邊的岩壁。

三人的視線集中在它拍打的位置上，然而看得再仔細，也看不出什麼端倪。

「……是不是有什麼珍貴的東西藏在這裡？」

「珍貴的東西？」

「比如……黃金的礦脈之類的？」

「那的確是很珍貴，可是核桃不可能這種時候還特地帶我們來挖金礦吧。」

「嗯，的確不可能。而且這附近的岩壁看起來不像有金礦。」

諾多拉德同意凱特的說法，不過，他認為不可能是金礦的理由跟凱特不同。

「嘎嗚嘎～嗚。」

核桃緩緩上下擺動雙手，做出像是要感到疑惑的三人冷靜下來的手勢。

「唔，這裡應該是有什麼東西，可是又不知道是什麼，好在意啊。」

「是啊……等等，好像有什麼聲音……？」

凱特抖動著耳朵，仔細聆聽聲音。艾莉絲也挑起眉毛，急忙觀望周遭。

「妳說有聲音——該不會火蜥蜴在這附近吧！」

「難道又要坍方了！」

諾多拉德急著站起身的下一秒——

鏗！鏗隆隆！

核桃剛才拍打的岩壁傳出不算響亮的崩塌聲響，開出一個洞。

洞的直徑不到一公尺。

從洞口吹來的冷風，吹過了啞口無言的三人的臉龐。

跟先前截然不同的新鮮空氣，讓三人驚訝地倒抽了一口氣。

「——！該不會通到外面了吧！」

「妳答對了，艾莉絲小姐。」

這道甚至令人感到懷念的聲音在沙塵散開的同時響起。艾莉絲一看見從洞口外探頭看進洞窟內的那號人物，就不禁喜極而泣。

◇◇◇

「好久不見，艾莉絲小姐、凱特小姐。我來救妳們了。諾多先生算是順便的。」

「「店長閣下（小姐）！」」

我才剛彎著腰從狹窄的洞口走出來，艾莉絲小姐跟凱特小姐就立刻撲向我。

我勉強撐著沒被她們撞倒，同時把視線轉向在她們身後露出苦笑，卻也顯得鬆了口氣的諾多先生。

「哈哈，原來我只是順便的啊？」

「對，順便的。如果只有諾多先生受困，我就不會特地跑一趟了。」

我自己也覺得這樣講好像有點狠，可是這應該算情有可原吧？

畢竟這次會出事，鐵定是諾多先生害的。

就算他是研究學家，還有艾莉絲小姐跟凱特小姐當護衛，也不應該這麼過火。

要做實驗，就應該先確定自己處在絕對安全的環境。

不過，我也知道有些愛給人添麻煩的人就是辦不到這一點。

而且會研究出好成果的大多是這種人，反而更棘手。

他們或許就是因為會做些跟其他人不一樣的事情，才容易做出與眾不同的研究，只是我希望那些人可以不要跟我扯上關係，自己做好自己的研究就好。

「店……店長閣下，其實我……真的差點以為……要死在這裡了……」

「畢竟我花了不少時間才找到妳們。不過，妳們可以放心了。這個洞雖然有點窄，但是是真的能通到外面。」

艾莉絲小姐往後退開，用顫抖的聲音向我訴苦。我用手帕擦了擦艾莉絲小姐流著眼淚的眼角，她也對我露出了笑容。

「店長小姐，真的很謝謝妳。妳應該費了不少工夫在找我們吧？」

「嗯，算是啦。不過，我也沒辦法對妳們見死不救。好了，我們快點出去吧——啊，在那之前要先做一件事。」

我抱起坐在旁邊的核桃，幫它補充魔力。

……嗯，魔力果然快要見底了。

太好了，還好它沒有壞掉。

「珊樂莎，核桃剛才突然跑起來，果然是妳在操控它嗎？」

「是啊。不過，我們等出去再繼續聊吧。還有人在等我們。」

「有人在等我們？店長閣下不是一個人來嗎？」

「我再怎麼厲害，也很難一個人長期在這種森林裡露營。來，我們走吧。」

我再次彎下腰，帶領艾莉絲小姐他們前往外面。雖然這樣走起來腰有點痠，但是挖大一點的洞就會更花錢，難度也更高，只能將就點了。

而且光是這個尺寸的挖洞鍊器就貴得很誇張了。

再加上這次的救援完全沒錢賺……讓我虧了不少錢。

可是也只能自己吞下來了，畢竟我得要救艾莉絲小姐跟凱特小姐出來。

「我們要到外面了。」

「喔喔，終於……看到陽光了……」

艾莉絲小姐一離開洞穴就伸展筋骨，並攤開雙手，閉起雙眼。

凱特小姐也遮著眼睛附近，似乎是在遮擋陽光。

「好久沒看到外面的世界了……而且外面好冷。原來已經冬天了……」

「是啊～前幾天還下了點雪，要是再多拖幾天，我們可能也會有點難熬。」

「『我們』——對了，妳剛剛也說有其他人……」

「對，他們在那裡。」

我說的就是某三位常常熱心幫助我們的採集家。

「喔，艾莉絲姑娘，妳們平安無事啊。」

「妳們看起來精神還不錯嘛。」

「幸好妳們沒受傷。」

「安德烈！基爾！葛雷！你們也來幫忙了啊！」

「謝謝你們！沒想到除了店長小姐以外，還有其他人願意過來……」

「不過，其實也是珊樂莎來拜託我們的啦。」

「我們只能做些簡單的體力活，沒有幫上多少忙。」

「不不不，要是沒有你們在，我也沒辦法做好需要的事前準備。你們真的幫了大忙。」

安德烈先生他們害臊又謙虛地表示自己只是做了點小事，但其實他們三個的協助占了這次救援行動非常大的一部分。

這次救援行動中還有一個很重要的因素是距離。

我要盡可能拉近跟核桃之間的距離，才能減少同步時的魔力消耗，出什麼事情的時候也方便及早應對。可是我是鍊金術師，離我家工坊太遠，就會失去可以用各種鍊器跟鍊藥的最大優勢，可以做的事情會嚴重受限。

而我想到的對策，就是在洞窟附近建立據點。

我需要把加工過的建材搬到這裡蓋一間小屋，然後在裡面擺魔力爐跟鍊金爐。其實時間夠的話，我自己一個人也能做完這些事情，只是救人的時間寶貴，不允許我慢慢來。

所以我請安德烈先生他們幫了很多忙，像是搬東西、負責聯絡村子，還有隨時注意周遭動靜。我有付日薪給他們，但是他們要求的日薪價格遠低於他們應該領到的價格。

他們一定是因為這次要救的是艾莉絲小姐跟凱特小姐，才願意幫這個忙。

「也就是說，珊樂莎妳是先在這裡調查洞窟裡的情況，再擬定救難計畫的吧？真有趣。」

諾多先生原本一直獨自在一旁伸展身體，他似乎是看沉浸在類似感動重逢的氣氛之中的我們談完一個段落了，才從大家身後探出頭來，看往小屋裡面。

不過，他輕鬆悠哉的語氣，讓前來幫忙的三位採集家聽得表情瞬間凶狠起來。

「喔，這傢伙就是那個了不起到惹出大禍的研究學家嗎？」

「聽說就是你害得艾莉絲姑娘跟凱特姑娘一起被困在洞窟裡面的嘛。」

這些挖苦對諾多先生來說只是馬耳東風，他依然豪邁笑道：

「哈哈哈，是啊。這次是我的肌肉不夠幫助我們逃離困境。如果我有你們這麼強壯，或許還能想辦法逃出來。」

「唔……」

諾多先生彎起手臂，拍了拍自己的上臂。葛雷先生直直凝視著他。

兩人經過一陣眼神交會，似乎也心神領會到了什麼。

「你知道是自己鍛鍊得不夠，我也沒道理再責備你了。」

「你搞錯重點了吧！而且想想珊樂莎之前告訴我們的情況，就知道不可能是肌肉強壯一點就能解決的問題啊！」

基爾先生立刻吐槽葛雷先生，然而他並沒有多加理會，而是輕拍了一下諾多先生的胸肌。

「你的肌肉也練得不錯。真看不出來你是做研究學家這種整天坐在桌子前面的職業。」

「因為我很重視親自到現場勘查，當然會好好鍛鍊肌肉！」

諾多先生笑得露出他閃亮的牙齒，並豎起拇指。雙手環胸的葛雷先生也露出豪爽的笑容，對他大力點頭。

基爾先生見狀便扶起額頭，仰望天空。跟他們保持距離的安德烈先生則是聳了聳肩，像是拿他們兩個沒辦法。

「呃……諾多先生是肌肉狂嗎？」

我困惑地詢問艾莉絲小姐。她在稍做思考之後說：

「應該是，我一直隱約感覺到他好像很愛肌肉。」

「等等，他應該表現得很明顯吧？」

唔～他該不會是曾經在危險的時候靠著自己的力氣克服難關，才會變得這麼狂熱吧？他的身材很精瘦，卻也有結實的肌肉。某些人應該會覺得他的體格很迷人。

「不過，其實我們能活下來，有一部分也是因為諾多先生有鍛鍊身體。因為我們走的路都很險峻。」

凱特小姐說，假如他是需要兩人協助才走得過那些路的軟腳蝦研究學家，大概就沒辦法活著逃出來了。我也認為她說得有道理。

「裡面的地形的確很險峻。」

「店長閣下，原來妳知道裡面的地形嗎？」

「嗯，幸好有核桃在，我才能多少知道一點。對不對啊～？」

「嘎嗚嘎～嗚！」

我在這裡蓋好據點以後也沒有跟核桃的意識完全同步，但還是會偶爾同步部分感官，或是接收核桃掌握的現況來收集情報。

而簡易版逃脫路徑偵測器也發揮了很重要的功用。

最高級的逃脫路徑偵測器可以偵測出接下來的路會是什麼樣的地形，不過，我東拼西湊做出來的「簡易版」當然沒有這種功能。

相對的，我只要把特定的術式加進核桃體內，再同時運用可以偵測自己的鍊金生物現在位置的鍊器，就可以從外面探測出通道大致上的地形。

可是核桃剩下的魔力不多，我沒辦法把地形轉達給艾莉絲小姐知道。

所以，我才會把自己得知的地形資料畫成簡略地圖，找出方便進去救他們的位置。

然後在朝著那個位置挖洞進去的同時，要核桃幫忙帶他們三個到同一個地方。

「原來是因為這樣，妳才有辦法進來救我們。」

「畢竟我也不能漫無目的地隨便亂挖。」

這個挖洞計畫擬定的過程必須迅速又不失謹慎。

因為他們雖然還有足夠食物，卻已經快沒有魔晶石可用了。

「不過，聽妳這樣講，感覺妳應該花了不少錢吧……」

「這次支出……的確不算便宜。」

我甚至有點不太想去思考花了多少錢。

我故意不講明白，避免正眼看著詢問這次花費的凱特小姐。

先讓我繼續沉浸在成功救出她們兩個的喜悅裡一陣子，晚點再考慮錢的問題吧。

「我們現在還是先專心想著早點回去就好。蘿蕾雅也很擔心妳們，要趕快讓她看看妳們平安無事的樣子才行。趕快把這裡——」

我正準備說「好好收拾一下吧」的時候，視線剛好轉回葛雷先生他們那邊——然後發現眼前出現一幅難以理解的景象。葛雷先生跟諾多先生不知道為什麼都裸著上身，擠著自己的肌肉。

他們不斷改變姿勢，有幾個瞬間說不定很兒童不宜。嚴格來說，應該是未成年不宜？

「這是怎樣……？」

我為眼前難以理解的景象愣得眨了眨眼時，走來我旁邊的安德烈先生就苦笑著跟我解釋來龍去脈。

「其實是葛雷跟諾多不知道為什麼突然在吵是誰的肌肉比較實用。」

「……太莫名其妙了。」

聽了安德烈先生的解釋還是不懂他們在做什麼。

「他們兩個剛才不是還很合得來嗎？」

「他們單論肌肉是有共識，可是好像在吵『藉著實戰鍛鍊出來的肌肉最棒了』跟『那樣練太不符合邏輯，會練得很不均衡』之類的。」

「我還以為葛雷先生個性應該很正經……」

我又更不懂他們在想什麼了。

這時，基爾先生也放棄繼續吐槽他們兩個，走來跟滿頭問號的我說：

「沒有喔，那傢伙其實也跟我們差不了多少。妳可能是被他平常沉默寡言的模樣騙到了，別忘了他可是能跟我待在同個採集家團隊的人喔。哈哈哈！」

「好吧，我明白了。」

不曉得他的意思是葛雷先生厲害到可以忍耐基爾先生近乎輕浮的風趣，還是彼此之間有些相似之處。我本來以為是前者，但實際上好像是後者。

不過，我也不打算一直看著他們兩個互相炫耀自己的肌肉。

尤其我對他們的肌肉也沒興趣。

「那個，艾莉絲小姐、凱特小姐。妳們可以制止一下他們嗎？」

「抱歉。我這樣的清純少女實在沒辦法去介入他們。」

「嗯，是啊。畢竟艾莉絲是貴族千金，我也是貴族千金的隨從。」

……奇怪？我怎麼記得她們曾經提過以前有參加騎士訓練，所以已經看習慣男人裸著上身的樣子了？是我記錯了嗎？

只是凱特小姐說她們出身貴族家庭，倒也是沒錯。

「那基爾先生跟安德烈先生——」

「他們根本就不聽勸。」

「那兩個人談起肌肉難搞得要命。珊樂莎，妳去好好訓他們一頓吧。」

完全沒辦法期待他們能幫忙制止那兩個人。

我深深嘆了口氣，無奈地靠近那塊感覺充滿汗臭味的空間。

「你們兩個！別再吵什麼肌肉了，那不重要。快點來把東西收拾好，要回去了！」

「妳居然說不重要……肌肉可是很重要的。練出一身肌肉，做很多事情都會很方便。我看珊樂莎妳……好像有點弱不禁風的喔。」

「嗯。妳身上太少肉了。」

「是啊。不只是沒什麼肌肉的問題。」

「唔……」

這我也有點自覺。

大概是待孤兒院那時候沒有吃得很好，導致我成長有點緩慢，身材也比一般人嬌小。

所以我力氣也比較小，有時候不用魔力強化體能，還會影響到鍊製工作。可是，我也不想變得像諾多先生那樣滿身肌肉。

尤其我是女生，我絕對不要變成像他那樣。

還有，我無法原諒他們兩個竟然嫌我太少肉。

「呵呵呵……諾多先生、葛雷先生，既然你們對自己的肌肉這麼有自信，那應該有辦法扛著鍊金爐跟魔力爐回村子吧？」

來的時候是跟達爾納先生借貨車載來的，現在當然已經還回去了。要是現在跑回去借，我們就得晚一陣子才能回村子。

不過，他們兩個對自己的肌肉這麼有自信，一定有辦法扛著走回去。

我懷著這樣的想法露出微笑。沒有親眼看到鍊金爐跟魔力爐的諾多先生挑起眉頭，顯得有點疑惑，幫忙把行李搬來的葛雷先生則是立刻變得有點語塞。

「鍊金爐跟魔力爐……？」

「妳……妳要我們搬那個……？」

「你們應該不會說自己搬不動吧？畢竟連『身上沒多少肉，整個人弱不禁風』的我都拿得動了！」

我一邊這麼說，一邊把鍊金爐跟魔力爐從小屋裡拿出來，用力放在兩人面前，還發出了沉甸甸的聲響——當然，我是用了體能強化才搬得動。

「呃，可是，從這裡走回村子要好幾天……」

「沒問題。用跑的一天就到了。」

「用跑的反而更有問題吧！」

「哎呀？原來諾多先生的肌肉只是嘴上說得很厲害而已嗎？艾莉絲小姐，妳覺得呢？」

「嗯？的確，肌肉本來就不是拿來炫耀，是拿來做事的。」

我刻意要艾莉絲小姐發表意見，她也用極為自然的方式幫忙搧風點火。

凱特小姐則是不懷好意地竊笑一聲，刻意挑釁。

「練出來的肌肉不能搬東西，就沒意義了吧？還是說，你們的肌肉就只是虛有其表而已？」

「才不是——等等，現在反駁是不是會吃虧？」

「怎麼？沒經過實戰訓練的肌肉，終究只是裝飾嗎？」

「你說什麼——」

「不是的話，就實際證明給我看啊！讓我看看你的肌肉是有多厲害啊！哼！」

葛雷先生鼓起幹勁，扛起鍊金爐。

那個鍊金爐大到我可以整個人鑽進去，重量也非常重。

「等等，你扛的那個看起來比較輕耶！」

而魔力爐比鍊金爐還要更厚重。

所以諾多先生這麼說也沒錯。只是魔力爐的形狀比較方便扛，哪一個扛起來比較輕鬆還很難說。

「那是你的錯覺。好，走了。你就乖乖扛回去，證明你的肌肉不是華而不實吧！」

「不，我扛的這個一定比較重吧！看珊樂莎的表情也像是這個比較重！」

哎呀，原來我不小心寫在臉上了。諾多先生嘴上抱怨歸抱怨，卻也乖乖扛起魔力爐，小跑步追趕已經出發的葛雷先生。

嗯。先不管他們的肌肉論戰，他們扛得起魔力爐跟鍊金爐就代表肌肉是真的練得滿強壯的，的確有資格引以為傲。

「唉～抱歉，珊樂莎，給妳添麻煩了。」

「啊，不會。我是有點意外葛雷先生會那樣，但還是比平常的基爾先生好多了。」

基爾先生像是覺得很受不了似的搖搖頭，目送兩人離開。不過，他一聽到我小聲講出這段話，就一臉錯愕地轉頭看向我。

「咦？妳這樣講也太狠了吧！我平常真的有那麼煩嗎？是哪裡讓妳覺得煩？」

「……我也說不出是為什麼。」

「不知道為什麼就是覺得煩反而更狠啊！」

其實他是個很可靠，會確實完成別人委託的工作的人，只是他不時會講些不雅的話，讓人對他的印象扣分。

怎麼說……就是勉強算不上好人，可是也不是壞人的感覺？

「這是你自作自受。你都一把年紀了，也該學著收斂一點了吧？珊樂莎，我把行李整理好了。」

「謝謝你每次都這麼貼心，安德烈先生。」

相對的，安德烈先生就總是很可靠。真不愧是他們團隊的隊長。

不過，他的年齡就不在我的考慮範圍內了。

「我們再檢查一次有沒有漏掉什麼，就出發吧。」

「好。如果之後又要回來拿，也很麻煩。」

「那我去那邊看看。」

我們開始分頭仔細檢查。艾莉絲小姐有點困惑地交互看著蹲在地上的安德烈先生、基爾先生跟我們，並開口問：

「呃，我們不馬上去追他們沒關係嗎？他們應該已經離開一段距離了……」

「不用著急。反正那兩個傢伙衝那麼快，一定一下就累了。」

「是啊。我也不認為他們真的有辦法在一天之內扛著那麼重的東西回到村子裡。」

我請仍有點疑惑的艾莉絲小姐跟凱特小姐先休息。我們仔細檢查完之後，就關上這陣子用來當據點的小屋的門，把門鎖鎖上。

畢竟都特地大費周章蓋一個小屋了，我也不太希望它被野生動物或魔物闖進去搗亂。

「好了，我們回去吧。」

我在一次輕輕拍掌之後拿起行李，對坐在地上，看起來略顯疲累的艾莉絲小姐跟凱特小姐伸出手。

凱特小姐大概很長一段時間都得繃緊神經，一直到可以放鬆戒備的現在才終於顯露疲態。她輕吐一口氣，握住我的手。

「唉……總算可以回去了。」

「不好意思，讓妳們久等了。」

「不會，店長小姐，妳別放在心上。」

「凱特，妳竟然要人拉妳起來，太不像樣了！」

艾莉絲小姐立刻起身，還「哼！」地挺起胸膛，似乎很自豪她不需要人攙扶。凱特小姐見狀便深深嘆了口氣。

「……唉……明明沒多久之前還問我覺得我們能不能平安回去，在那邊講喪氣話。」

「啊！（凱特，不要把這件事講出來！）」

艾莉絲小姐對凱特小姐講起悄悄話，還不時瞥向我這裡……反正核桃有聽到的事情，我也差不多都知道。

凱特小姐似乎知道對我保密也沒有用，可是並沒有多加解釋，而是輕推艾莉絲小姐的背，說：

「我可以假裝不記得那件事，但既然我們都平安逃出來了，就該來想想該怎麼跟厄德巴特大人報告了。」

「唔！說得也是……」

「沒關係，反正我們應該要好幾天才會回到村子裡，在路上慢慢想就好——想想要怎麼說才不會讓責任落在我頭上。」

「結果還是要我負責挨罵喔！」

艾莉絲小姐跟凱特小姐有點喧鬧又愉快的對話，讓往森林踏出腳步的我、安德烈先生和基爾先生都忍不住會心一笑。

此時，有一陣風從我們之間輕拂而過，發出窸窣聲響。

艾莉絲小姐不知道是不是覺得這陣風很冷，她手貼著臉頰，仰望天空。

「……已經是冬天了啊。跟洞窟裡面完全是不同世界。」

「是啊。我們的秋天就這樣消失了。」

凱特小姐也環望起周遭的樹木，有點憂鬱地細聲說道。

「畢竟妳們困在裡面很長一段時間。」

「如果把浪費掉的這段時間當成我們成功保住性命的代價，是滿划算的……可是也差不多要開始下雪了。到時候會很難進森林採集。」

「快到採集家會不太好過的季節了……」

天上忽然開始降下一片片白雪，彷彿在回應她的這番哀嘆。

epilogue

尾聲

諾多先生回到村子之後只住了一晚，就離開了。

他說是「不趕快回去整理研究成果，就要沒錢過生活了」。

這也難怪。

諾多先生的調查行程超過原先預定的時間很多，所以他必須稍微調高支付的日薪，還得多付幾十天的薪水。而他也沒有說話不算話。

再加上還得支付我拿給艾莉絲小姐她們的應急箱的錢，導致他幾乎把身上所有的錢都拿來付這次的費用了。

老實說，我有點擔心他剩下的錢夠不夠讓他回家，但諾多先生說：「沒問題。反正要是真的沒錢了，我還可以靠自己的肌肉啊！哈哈哈！」

他是打算在回家路上打獵維生嗎？

不過，他也的確擁有足夠知識那麼做，搞不好還有辦法像採集家一樣採集東西拿去換錢。

他擁有這麼強韌的精神力又不怕花錢，大概就是他為什麼能靠研究這一行賺錢吧。

而且他惹了那麼多麻煩，萬一還加上小氣這個缺點，我們對諾多先生的印象一定會直接扣到變負分。

然而艾莉絲小姐跟凱特小姐就沒有像諾多先生那樣活蹦亂跳的了。她們一回家就開始發燒，休養了好幾天。

滿心掛念著她們的蘿蕾雅才剛為能再見到艾莉絲小姐和凱特小姐感動落淚，卻在隔天又看見她們昏倒，整個人著急得不知所措。但我檢查出來只是單純的過勞。我沒有檢查出疾病或是中毒的症狀，所以幫她們做了可以恢復體力的鍊藥。

她們累倒的主因應該是源自精神壓力，其實也可以用消除精神疲勞的鍊藥……只是有些副作用會很可怕，還是慢慢休養比較好。

反正也沒有急事需要她們立刻康復。

艾莉絲小姐跟凱特小姐回來村子一星期後。我看準後續的各種雜事已經處理完，她們兩個也康復得差不多的時期，提出了一個提議。

「我們去一趟泡湯之旅吧！」

我在晚餐途中突然說出這句話，使得艾莉絲小姐跟凱特小姐用困惑的眼神抬頭看著我。順帶一提，這件事我有先跟蘿蕾雅提過，所以她只是顯得有點傻眼，沒有多說什麼。

「泡湯之旅……？意思是去泡溫泉嗎？」

「沒錯。」

「溫泉？記得這附近沒有溫泉吧。店長小姐，我們還是別去太遠的地方比較好……」

「這附近前陣子出現了溫泉。那時候妳們還困在洞窟裡。」

「什麼！」

艾莉絲小姐睜大了雙眼，發出驚呼。

但是蘿蕾雅卻半瞇著眼吐槽我。

「珊樂莎小姐，才不是『出現』了溫泉，是妳特地弄了一座溫泉吧？」

「……店長小姐，這是怎麼回事？」

我刻意不明白回答凱特小姐的疑問。

「呃～嗯，就是……妳們還記得最近在哪裡看過溫泉嗎？」

「嗯？……該不會是那座洞窟裡面的溫泉吧？」

「對。我動了一些手腳，就把那裡的溫泉引流到外面來了。」

「動了一些手腳……是不是只有我覺得應該沒有店長小姐說的這麼簡單？」

「當然不簡單。而且也花了不少錢。對吧？珊樂莎小姐。」

「可是那是有必要性的實驗啊！……只是對錢包的傷害有點大。」

礦業是種非常重要的產業，甚至攸關國家發展，所以也存在許多跟礦業相關的鍊器，我之前用來救艾莉絲小姐他們離開洞窟的挖掘鍊器也是其中之一。

但是這個村子正常狀況下不可能會用到這種鍊器，而且一般尺寸的挖掘鍊器體積非常龐大又沉重，連要搬去其他城鎮賣都有困難。

所以，我做來用的是只有掌心大小的小型版。

應該說，或許是知道要一般鍊金術師做這種大型鍊器會有困難，所以《鍊金術大全》上也有寫小型版的製作方法。而我做的是特別小的尺寸，導致這個鍊器除了花費以外，也得在製作過程中耗費不少心力。

「我做好這種鍊器以後，第一件事就是先確認挖掘的過程安不安全。」

「所以才會挖通那邊的溫泉是嗎？可是，店長閣下怎麼有辦法找到溫泉的位置？」

「因為有核桃在啊。妳們有看到它偶爾會用爪子畫記號嗎？」

「原來那是在畫記號！我有看到它用岩石磨爪子！」

「雖然它不是在磨爪子，但是就是妳看到的那個沒錯。其實要挖哪裡都沒關係，只是剛好那座溫泉地點上比較方便。」

再來就只需要再做一個挖出來的洞可以讓人通行的尺寸就好。

而前一次做特小尺寸的辛苦經驗，也幫助我在短時間內做好救人用的尺寸。

挖出來的洞只能蹲著走是基於成本考量，然而花掉的錢還是夠讓蘿蕾雅目瞪口呆。

畢竟這可是用來開發礦山的鍊器，礦山一旦開發成功了，就能賺取莫大的利益。

那些利益扣掉鍊器的成本都還有賺——只是那是一般情況。

「總之，我想說難得有機會弄出一座溫泉，不好好利用也很浪費，就趁有空的時候把它打理到可以進去泡了。」

「店長小姐說的溫泉是在那個臨時據點那裡吧？我完全沒發現有溫泉……」

「溫泉跟據點有點距離。因為水源的位置讓水流沒辦法拉到據點旁邊。」

「原來如此，所以回來的路上才沒有看到。這趟溫泉旅行是我們三個跟蘿蕾雅都要去嗎？」

「那當然。我不會讓蘿蕾雅自己一個人留下來顧店，我的店也會暫時休業幾天。」

「可是店長小姐之前應該已經為了救我們，有很長一段時間都不在店裡了吧？沒關係嗎？」

「沒關係。反正很多採集家到了冬天也會暫時不上工。」

冬天可以採集的東西會變少，再加上天冷會導致動作變遲鈍，很容易出意外。如果不是當天來回，而是在外過夜，甚至有可能不小心喪命。

所以有不少採集家到了冬天就完全不會出外採集，有些經濟比較拮据的人還會改去更暖的地方採集。

簡單來說，就算我的店照常營業，也不會有多少客人上門。

「珊樂莎小姐，我也不反對大家一起去泡溫泉，可是真的沒關係嗎？妳不是花了很多錢，還跟師父借錢嗎？」

「呃……」

蘿蕾雅說得沒錯。我這次為了救艾莉絲小姐跟凱特小姐，拚命鍊製了很多東西。

首先是跟鍊金生物有關的部分。我想要找出能透過鍊金生物救她們的方法，就把《鍊金術大全》第五集裡面跟鍊金生物有關，而且可能派得上用場的東西全做過了一遍。

鍊金生物的製作方法是寫在第五集，所以同一集裡面有非常多跟鍊金生物相關的鍊器，消耗的材料數量也很可觀。

尤其我還得做用來應付緊急狀況的鍊藥。我做了很多種，方便在艾莉絲小姐他們中毒或生病的時候盡早治療。幸好最後都沒用到。

而我手邊的材料當然不夠做完所有鍊藥，於是只好花錢買，或是跟師父借，還有請師父幫我買。

也就是說，我這次有很大一部分是請師父幫忙。說來也是有點慚愧。

「反……反正，總會有辦法的……吧？嗯，總有辦法解決的。」

「啊！對……對了！」

艾莉絲小姐看到我努力安慰自己，就突然連忙站起來離開房間，在不久後拿著皮袋走回來。

「店長閣下，雖然我覺得應該不太夠，但妳收下這個吧。」

「啊，對。這是諾多先生給我跟艾莉絲的酬勞。我也覺得應該還是不夠彌補妳這次的開銷……」

「不夠的部分，我希望妳可以再等我們一陣子。我們一定會還清這筆錢！」

她們的行程多了很多天，放在桌上的皮袋看起來沉甸甸的。

不過，這一袋錢的確不夠抵我的開銷——

「唔～我很高興妳們有這個心，可是妳們把這筆錢拿來還我，我欠的債也不會少多少……」

「……妳這次真的花了那麼多錢嗎？」

我對倒抽了一口氣的艾莉絲小姐點點頭。

「嗯，是不算少。」

「可是店長小姐有很多債權，應該不用擔心吧？」

「對啊，不只是我們家，南斯托拉格那附近的鍊金術師也會還欠店長閣下的錢。」

「還有狄拉露女士新蓋的旅店的錢。」

「哈哈哈……其實就算大家都還清了，也只是杯水車薪……」

我乾笑著說完這句話，大家就陷入短暫沉默，隨後疑惑問道：

「…………咦？真的嗎？」

「…………妳不是……在開玩笑？」

「對，是真的。不對，嗯，其實也沒有到杯水車薪那麼誇張，但的確是完全不夠還我欠的債。」

只算艾莉絲小姐剛才拿過來的錢，就真的是杯水車薪。

假如這次是跟上門的客人收購要用的鍊金材料，開銷應該可以減少一半以上。

可是收購的時候完全不顧季節因素跟市價，花費就會一口氣飆高很多。

因為買別人的現貨，跟買到處找都不一定會有的東西，完全是兩回事。

像我這邊的狂襲狀態地獄焰灰熊的鍊金材料就是一個例子。

我把這些材料拿去給人收購的話，可能也賣不了多少錢；但今天如果是我想找這些材料，花的錢就會多到難以想像。

因為這是只有發生狂襲才弄得到的稀有材料。

用到好幾種這種類型的稀有材料得花上多少錢……應該就不用我明說了吧？

「呃……」

「該怎麼說呢……」

艾莉絲小姐跟凱特小姐大概是想像得到金額有多麼龐大，無法斷言她們一定會全部還清。

不過，這次會花這麼多錢，完全是出於我自己的決定。

反正我也藉這次機會學到了一些經驗，我不打算要求她們還清這筆錢。

「沒關係！我們現在就先別想債務的事情了。不對，應該說，不要讓我想起來！」

我窮習慣了，不暫時把債務丟在一邊會很崩潰。

幸好我的債主是師父。

她不是黑心商人，不會硬逼我還錢，也不會把我抓去賣掉來抵債。

……只是還是得擔心師父可能會把我抓回去她店裡。

不過，沒關係。等我變成技術純熟的鍊金術師，就還得起這筆債了！

我未來一定會變成技術高超的鍊金術師！

「我……我是不敢保證我們一定還得清，但我們還是會盡可能還錢給妳。妳說對吧？凱特。」

「啊……嗯，是……是啊。我們……會盡自己所能。」

嚇得渾身顫抖的凱特小姐依然點點頭附和艾莉絲小姐的話，有點可愛。而且她們兩個都很正直，不會隨便保證做不到的事情。

也是因為這樣，我才會想幫助她們。

「謝謝妳們。真的很需要錢的時候，就麻煩妳們了。不過，我們現在先想著轉換心情就好。我們都很需要好好放鬆一下！」

除了我很需要放鬆心情以外，艾莉絲小姐她們也很需要放鬆長期處在緊繃狀態的身體。

「所以，我們去泡溫泉吧。我們非去不可。我決定要暫時忘掉麻煩的事情！」

我有點強硬地結束這個話題，把債務暫時拋在腦後。

◇◇◇

「呼～好舒服喔。我第一次泡溫泉。」

「很舒服吧～？泡著泡著會感覺疲勞跟煩惱都蒸發了～」

在決定要來一趟溫泉旅行的短短幾天後的現在。

我們正悠悠哉哉地泡在溫泉裡放鬆身心。

雖然我已經來這座溫泉好幾次了，可是之前一直很掛念艾莉絲小姐她們的安危，完全靜不下心來。這次心情輕鬆很多。

「我也是第一次泡這樣的溫泉。」

「而且還是露天溫泉。仔細想想，泡露天溫泉還滿奢侈的。」

「因為一般只能在高級養生度假區泡到露天溫泉嘛。」

「我們之前在洞窟裡就有泡過溫泉了……當時還真沒想到未來可以用這麼輕鬆的心情泡在同一個水源的溫泉裡。」

「核桃倒是當時跟現在都一樣玩得很開心。」

好。

「嘎嗚嘎～嗚♪」

呵呵笑著的凱特小姐看著開心游泳，不斷拍打出水花的核桃。

不知道是不是因為核桃的屬性比較偏火，會覺得溫度高的溫泉比較舒服，心情看起來特別好。

「這個溫泉的位置的確沒辦法從小屋那邊看到。」

「是啊。我會把溫泉引來這裡，是考量到洞窟裡那座溫泉的距離跟位置。」

我當初並不知道能不能順利把溫泉引出來，但還是先假設真的有辦法引出溫泉，盡可能挑選周遭環境比較好的地方。像是有石頭可以遮蔽視線，或是不容易有野生動物闖進來的地形。

然而這樣當然還是不夠，所以也有做其他防禦措施。

「話說，這座溫泉整頓得滿不錯的嘛。」

浴池部分是用石頭跟灰泥打造的，周遭還有石板地。沒有天然屏障的地方也有建造牢固的柵欄，用來避免野生動物入侵跟遮蔽外人的視線。

雖然不至於徹底擋下地獄焰灰熊那種強度的攻擊，但反正這附近不容易出現那麼強的魔物，而且只要能多少爭取到一點時間，我們就有辦法自己打倒來犯的魔物。

簡單來說，這裡的環境已經被打理成只要多少有點能力戰鬥，就能安心來泡溫泉的狀態。只是完全沒有戰鬥能力的人來，還是會很危險。

「這些大部分都是安德烈先生他們弄的，我只有做一些比較不重要的地方。因為他們當時很容易閒下來。」

我當時請安德烈先生他們來當我的護衛，可是這附近其實不怎麼危險，不需要隨時都有三個人保持戒備。一定會有一兩個人閒著沒事做，他們就利用閒下來的時間好好整頓了這座溫泉。

畢竟已經冬天了，要在附近的據點生活一定會冷得受不了。

而這座溫泉也讓當初那段煎熬的日子稍微好過了一點。

「原來是安德烈他們弄的。看來得要找機會跟他們道謝了。」

「那可能還要順便跟蓋貝爾克先生和達爾納先生道謝。他們也有幫忙。」

「我覺得不太需要特地跟爸爸他們道謝……畢竟珊樂莎小姐有給他們酬勞。記得安德烈先生他們也有領酬勞吧？」

「嗯，對。不過，該道謝的時候還是應該說一下比較好。」

「沒錯。」

「唔～聽店長閣下這麼一講，感覺又更對不起妳了。」

「妳不用太在乎這件事……」

「可是，店長小姐就是為了救我們，才會扛了一大筆債啊。」

「是啊——嗯……店長閣下也開始欠債生活了啊。」

「……有什麼問題嗎？艾莉絲小姐。」

我詢問艾莉絲小姐聽起來百感交集的這句話是什麼意思。她看著我的臉，說：

「嗯！這下妳就跟我們一樣了！」

「恭喜妳，店長小姐！」

「在……在欠債這方面跟妳們一樣，我也開心不起來啦～！」

艾莉絲小姐跟凱特小姐笑著說出這種莫名其妙的話，看起來似乎還有點高興。我不禁大聲抗議，聲音響盪在周遭的樹林當中。

No 011

鍊金術大全：記載於第五集
製作難度：普通
一般定價：10,000雷亞以上

〈共鳴石〉

Resonating Stones

不好的預感？不可以完全仰賴那種不一定準確的東西。推薦可以使用能讓你知道夥伴真的出事了的共鳴石。兩顆一組的共鳴石只要砸壞其中一顆，另一顆就會發出聲響。如果你能迅速趕去拯救夥伴的危機，對方對你的觀感一定會大大加分！※可「共鳴」的距離會視製作的鍊金術師技術而定。

後記

謝謝各位讀者一直以來的捧場。我是いつきみずほ。

這年頭很講求保持社交距離，大家生活過得還順遂嗎？

又或者這本書出版的時候，大家已經恢復以往的正常生活了呢？

我衷心期望是後者，但我同時也認為我們的社會今後必然會面臨一些變化。

而保持社交距離這件事，也讓不少人討論起其他國家跟日本在打招呼方式上的差異。

像是親吻、擁抱、握手跟敬禮之類的。

身為日本人的我是認為跟第一次見面的人頂多到握手……只是一些不會去管認識多久的人，就很麻煩了。

不過，不知道以後會不會變成以保持距離的打招呼方式為主？

我寫小說的時候也會煩惱故事中打招呼的方式。因為打招呼的方式會受到歷史跟文化背景影響，導致有時候同一種打招呼方式，在不同人眼裡會是不同的意思。

舉例來說，如果小說裡有個男性角色用擁抱的方式，跟第一次見面的女性角色打招呼——又或者是親吻女性角色的臉頰或手背，大家會怎麼看待這位男性角色呢？

如果我下一句就寫他是個「為人正直的男性」，應該會有人想要吐槽吧？

所以，我到頭來還是會配合讀者的觀感，讓筆下角色的一舉一動符合現代日本人的觀念。

順帶一提，聽說日本在江戶時代之前也沒有跟人握手打招呼的習慣，而且現在最能表達敬意的身體傾斜四十五度敬禮，甚至遠遠不及當年的「最敬禮」。據說還得屈膝把手跟膝蓋抵在腳背上。

應該是把身體壓得比時代劇之類的戲劇裡面農民對武士那種敬禮……還要更低的感覺吧？

感覺會很吃力。看來以前的人不練出好腳力跟好腰力，連敬禮都敬不了。

不知道要是敬禮到一半腳在發抖，或是不小心跌倒，會不會因為太失禮被殺掉？

好了，先不說這些了，來說說本集的故事。

這次的看點絕對是核桃跟說「喵」的艾莉絲。

……咦？你說那跟故事沒什麼關係，是ふーみ大人超可愛的插畫嗎？

嗯，對啊。

論故事劇情的話，應該是那個吧。

就是蘿蕾雅突然跑來珊樂莎家說「我來找妳了♪」，結果發現她根本像出嫁一樣把家當帶過來那裡。

……咦？這集裡面沒這種劇情？

真奇怪。是我記錯了嗎？

不過沒關係，一定有很類似的劇情。大家找找看吧。

那麼，最後我要感謝各位協助出版的相關人員，因為有你們，這本書才能克服社交距離帶來的難題，順利問世。畢竟出版過程有些事情不能遠端作業，想必會比以往還要艱難。

還有，其實這一集能夠成功出書，也要感謝購買第三集的各位讀者。真的很謝謝大家的捧場。

希望我們下次有機會再見。

いつきみずほ

Special Short Story

[特別加筆短篇]

獎勵金、存錢箱以及操控魔力

開始上學以後的第一次段考過去，前輩說的「春天特有的景色」的時期也劃下了句點。

這次段考刷掉不少雛鳥，我周遭比先前安靜了一點。

而努力準備這次考試的我，現在手上提著一個沉甸甸的皮袋。

我知道成績優異就能領到獎勵金，只是我沒想到可以領這麼多。

我有生以來從來沒有親手拿過這麼大一筆錢！從裝滿的袋子裡透出亮閃閃的金色光輝，嚇得我全身都在發抖！

「——所以，師父。妳有什麼好方法嗎？」

「獎勵金？妳這麼說，我才想起來有這種東西。」

我小心翼翼地抱著裝有一大筆錢的皮袋，慎重到行為舉止變得有點怪異。

師父看到我拿著這一大袋錢仍然面不改色，只是興趣缺缺地瞥了袋子裡面一眼。

「我是可以幫妳保管這筆錢——」

「真的嗎？那就麻煩師父——」

師父舉手制止激動的我，接著說：

「別急。妳不是鍊金術師嗎？動點腦筋想想可以怎麼用鍊金術解決問題吧。」

「可是我連鍊金術師的邊都還沾不到，怎麼可能有辦法用鍊金術解決……」

太強人所難了。但我聽到師父這麼說，還是嘗試藉著我現在擁有的知識來思考解決之道。

「……把這筆錢換成重到搬不動的東西存著？」

我說出自己在一段沉思之後想出的答案。師父挑起眉毛，似乎有點驚訝。

「妳這個想法還真奇特。妳現在有的這點錢應該夠妳買很重的鐵塊……不過，珊樂莎，妳到時候要怎麼把那些鐵塊帶回家？」

「……靠店家的免運費宅配到府服務？」

消費金額夠多的客人可以享有特別服務之類的。

「哪可能有那麼好的事。妳請人運回家，大概有半袋錢都要拿去付運費。」

「那……那怎麼行！」

那樣我會開始懷疑自己到底為什麼要努力賺錢。

尤其我父母都不在了，我唯二的收入來源就只有打工的薪水跟獎勵金。

「而且妳把那麼重的東西帶回宿舍，地板會垮掉吧。」

「所以不可行嗎？」

「不行。還有，鍊金術師應該要先想想看有什麼鍊器可以派上用場。有一種叫做『存錢箱』

的鍊器很符合妳的需求。」

那是一種會有細縫給人放硬幣進去的箱子，一旦放在地上對它注入魔力，它就會被固定在原地，變得無法移動跟破壞。

「要打破它，就需要足夠的魔力來抵消儲存在存錢箱裡的魔力。憑妳的魔力量，應該只要偶爾補充一下，就幾乎沒人能偷走裡面的錢了。」

「太方便了！……對了，如果我想把錢拿出來呢？」

「嗯？怎麼可能拿得出來？它可是『存』錢箱耶。」

「那就等於是把錢丟掉了啊！」

「沒關係，妳別擔心，弄壞它就可以拿出來了——應該說，它本來就是等需要用錢的時候，再弄壞把錢拿出來的東西。」

「原……原來如此。那就不用擔心會不小心亂花錢了。」

等於是半強制地逼人存錢。

先不論要弄壞才能拿出來的功能好不好用，不需要擔心被人偷走這點真的很棒。

「我先說，妳最好不要把所有財產都放進去喔。在培育學校裡面是不太需要用到錢，但開始上室外實習課以後還是偶爾要用到。」

「知道了。我會仔細想好該怎麼存錢。」

「嗯——那妳要做做看嗎？」

「好！麻煩師父了！」

於是，我就這麼在師父的指導下，著手製作存錢箱。

「用力敲！用力去敲妳眼前的金屬！」

「是！師父！」

「弄彎它！把它做成箱子的形狀！」

「是！師父！」

「動手刻！順著我畫好的線，把迴路刻出來！」

「是！師父！——啊！師父，我刻歪掉了～」

「嘖。拿來。我幫妳修正。」

◇◇◇

「——最後做出來的，就是這個存錢箱。」

「好……好好喔！」

我帶普莉希亞學姊來看我放在宿舍房間角落的小存錢箱，她看起來很羨慕。

「——也對，學姊是貴族，所以成績再好也領不到獎勵金。」

「我不是羨慕獎勵金！我不在乎那點小錢。我羨慕的是妳可以接受米里斯大人親自指導！」

小錢……那可是我有生以來第一次有那麼多錢耶……

不過也……也是啦，她是貴族嘛，嗯。

「我倒不覺得是小錢……不過，我也跟她一樣比較羨慕妳可以接受米里斯大人親自指導。」

「萊絲學姊也是嗎？唔～我不知道師父願不願意指導學姊，但應該可以介紹學姊給師父認識——」

「真的嗎？」

「只……只有介紹給師父認識而已喔。我今天會去打工，不占用太多時間的話，應該沒問題……」

師父待人不算和善，可是其實很溫柔。

只是單純介紹前輩給她認識的話，應該不會有意見。

「光是可以親眼見到米里斯大人就夠讓我高興了！萊絲，妳也會一起來吧？」

「嗯。而且對我們來說，光是可以認識大師級鍊金術師，就是求之不得的難得機會了。」

於是，我今天就這麼跟前輩們一起來到師父的店裡。

我一邊聽著店員小姐對我說：「珊樂莎，原來妳有朋友啊！」一邊帶前輩們去找師父，跟師父說她們是平常在學校很照顧我的前輩。

「我叫做普莉希亞・喀布雷斯。奧菲莉亞・米里斯大人，還請您多多指教。」

「我叫做萊絲・赫澤。請多指教。」

普莉希亞學姊緊張得渾身僵硬，萊絲學姊則是緊張歸緊張，卻也沒有她那麼誇張。看到前輩們對師父畢恭畢敬的，我才真正感覺到師父真的是地位很崇高的人。

「喔，妳們是伯爵家跟侯爵家的……不用這麼緊張。妳們平常很照顧珊樂莎吧？直接叫我奧菲莉亞就好。我想想……妳們現在有空嗎？」

「您應該很忙，我們不會留在這裡打擾您太久。」

普莉希亞學姊搖搖頭婉拒——

「這樣啊。我本來還在想妳們有空的話——」

「我們現在有空了！」

但是一聽到師父這麼說，又立刻改變了心意。

「不，妳們如果真的沒空，也不用特地撥時間留下來……算了，無所謂。妳們等我一下。」

師父說完，就拿了一個長方形的板子過來，板子兩端還有指尖部分彼此相對的手掌圖案。從指尖延伸出來的線，連起了兩個手掌。

「師父，那是什麼？」

「這是讓操控魔力的練習變得比較有趣的工具。把手放在這上面，再用五根手指頭同時灌輸等量的魔力，就會變成這樣……」

五條藍色光芒以相同速度順著指尖的線前進，而師父一把手放開，光芒也隨之消失。

「我本來想親自陪珊樂莎練習……但是珊樂莎也不想老是一直輸吧？跟妳們兩個一起練會比較剛好。珊樂莎跟……普莉希亞，妳們面對面坐好，把手放在這裡。對。然後像我剛剛那樣把魔力灌進去。」

「好……好的。」

「知道了。」

因為是師父親自指名，普莉希亞學姊並沒有拒絕突如其來的要求——不對，她反倒是喜孜孜地乖乖坐到椅子上。

我這一邊發出紅色的光，普莉希亞學姊那邊則是發出藍色的光，兩道光在板子的中間附近相撞，展開了一段拉鋸戰。最後是藍光壓過紅光——

啪滋————！

「唔呀！」

竄過手掌的疼痛跟麻痺感害我忍不住從椅子上跳起來。

「珊……珊樂莎學妹！妳還好嗎？」

「啊，呃……好像沒怎麼樣。應該吧？」

我也沒看到自己的手掌出現外傷。

師父看到我被這種不明現象嚇得一愣一愣的，就笑著說：

「呵呵呵！這東西很有趣吧？從五根手指灌進板子的魔力比較不均等的那一邊，就會像這樣受到懲罰。其實有點像派對遊戲。」

「派對遊戲……這到底是用來做什麼的？」

「我不是說了嗎？這是用來練習操控魔力的工具。而且它的效果很好喔。用這個練習操控魔力，會進步得很快。這東西本來是設計成輸的那一邊衣服會破掉，可是看珊樂莎脫衣服也沒什麼好玩的。所以我把它改造成現在這樣了。」

我一聽到這番聽起來不太對勁的話，就不禁半瞇著眼瞪向師父。

師父那麼強！我跟她用這個比操控魔力的技術，一定只有我會被脫到一絲不掛好不好！

「師父，那妳是覺得脫誰的衣服很好玩？妳是不是曾跟誰用這個比過操控魔力？是誰！」

「我不會告訴妳——現在有實力接近的人跟妳比，應該原本那樣會比較有趣。要不要我再把它改回來？」

「不用了！現在這樣就很好了！」

我的對手是侯爵千金跟伯爵千金，萬一不小心害她們脫光光，可不是鬧著玩的耶！

「是嗎？可是妳如果把改回原本效果的這個板子拿去學校鼓吹大家付錢跟妳挑戰，應該可以賺到——」

師父才說到一半就上下打量著我，然後搖搖頭說：

「不對，妳應該還不能靠這個賺錢。」

是啊！因為我「操控魔力的技術」還不夠成熟嘛！

「好，接下來換普莉希亞跟萊絲試試看。」

「好……好的……」

萊絲學姊可能是看我反應這麼大，顯得有點畏縮，然而她似乎也不打算違抗師父的命令，坐上了我剛才坐的位子。她跟普莉希亞學姊的這場對決——

「呀！」

最後是普莉希亞學姊叫出聲。

「總之，這東西就是這樣玩。珊樂莎，店裡現在沒什麼事情需要妳來做，妳就用那個練習操控魔力吧。」

我明明是來打工的，不做正事沒關係嗎？我心裡是這麼想，可是師父都下令要我練習了。

於是我也乖乖聽話，跟前輩們一起玩——不對，是一起努力訓練。

我一開始一直吞敗，但是練到快日落的時候，我已經可以贏過前輩們幾次了。來檢查訓練成果的師父也說「成果還不賴」。

「那塊板子就送給妳了。妳自己一個人也可以用兩隻手練習。看妳要自己練，還是跟她們兩個一起練都好，隨便妳。」

「那我就收下師父的禮物了。」

這個工具很像拿來鬧人的派對玩具，卻也一定是很高級的鍊器。既然師父都說要送我了，我也恭敬不如從命地把它帶回家——而且用來訓練的效果是真的跟師父說得一樣很好。

我跟前輩們操控魔力的技術，都在較勁過很多次之後出現了明顯進步。

這個鍊器最後成了幫助我們提高在校成績的大功臣。

◇◇◇

順帶一提，我放在宿舍房間的存錢箱——

我每天都很勤勞地幫它補充魔力，而它也很盡責地幫我保管財產到我畢業的那一天——不過，我在準備畢業之前發現了一個問題。

那就是「抵消儲存在存錢箱裡的魔力才能破壞箱子」這個條件，是連持有者也不例外。

結果就是退宿的期限都快到了，我卻還動不了我的存錢箱。

這害我落得只好泛著淚水挑戰魔力消耗極限的下場。

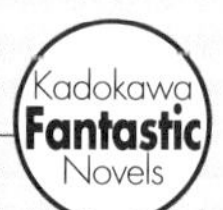

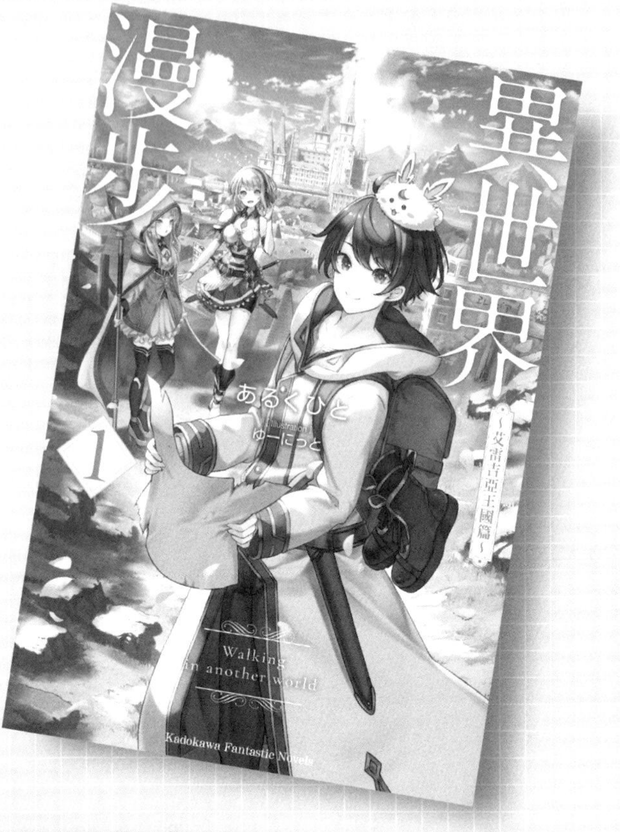

異世界漫步 1 待續

Kadokawa Fantastic Novels

作者：あるくひと　插畫：ゆーにっと

穿越到異世界以技能漫步獲得經驗值！
與精靈展開悠閒的異世界旅程——

被召喚到異世界的日本人——空，獲得的技能是「漫步」。國王在看到這個寒酸的技能後，將他逐出勇者小隊。然而，當空在異世界行走時，卻突然升級了！原來漫步技能具有「每走一步就會獲得1點經驗值」的隱藏效果！於是空展開了他在異世界的生活——

NT$280/HK$93

邊境的老騎士 1~5（完）

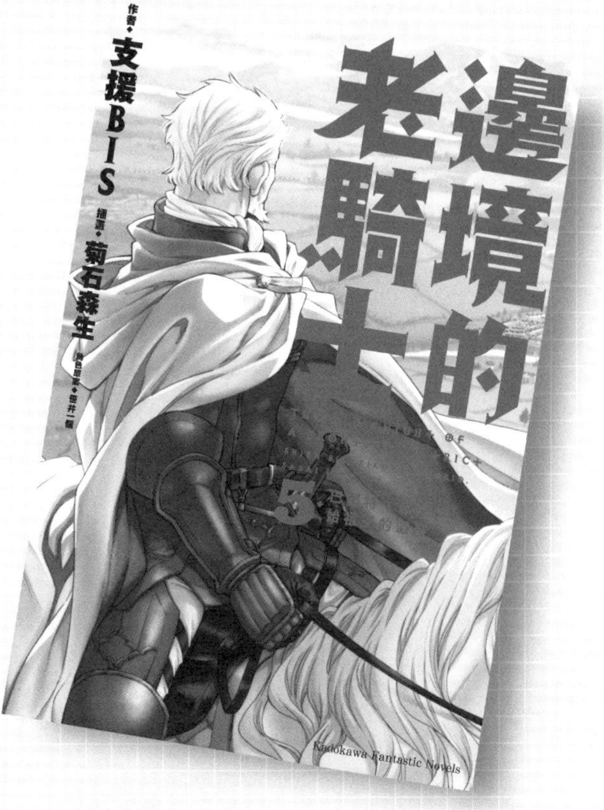

作者：支援BIS　插畫：菊石森生　角色原案：笹井一個

美食史詩的奇幻冒險譚最終幕！
燃燒生命而活，直到最後一刻——

巴爾特總算踏上解開魔獸與精靈之謎的旅程。他從與龍人的邂逅中得到新線索並逐漸逼近世界的祕密。就在這時，帕魯薩姆王宮遭到意料之外的勢力所襲擊。巴爾特被迫面臨處於劣勢的防衛戰。面對身懷壓倒性力量的對手，他該如何與之對抗呢？

各 **NT$240~280/HK$75~93**

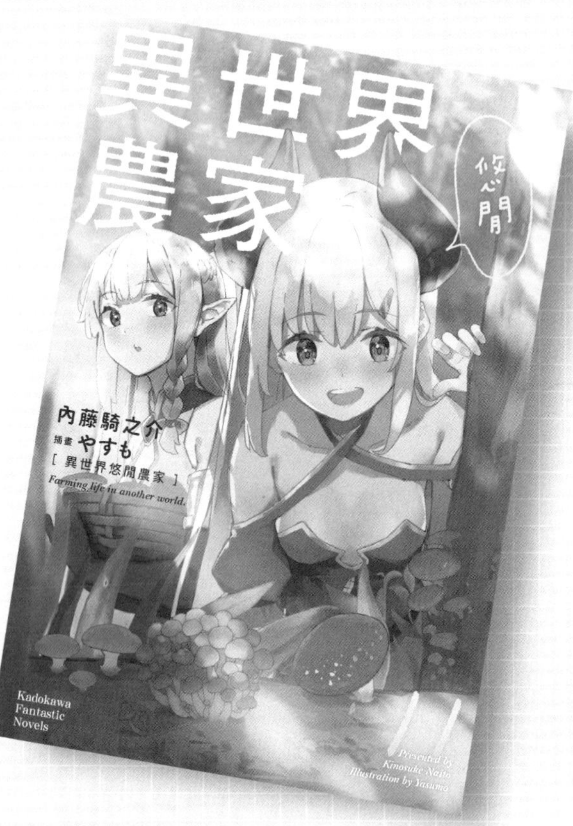

異世界悠閒農家 1~11 待續

作者：內藤騎之介　插畫：やすも

阿爾弗雷德等人進入王都的學園就讀！
學園長的胃撐得住嗎……？

就在村子順利擴張的某天，基拉爾的夫人古隆蒂來訪。古隆蒂被人稱為「神敵」，據說是和這個世界歷史有重大牽扯的存在……她來村裡的理由究竟是什麼？另一方面，展開學園生活的阿爾弗雷德、烏爾莎與蒂潔爾三人，為新生活感到雀躍不已！

各 **NT$280~300/HK$90~100**

八男？別鬧了！ 1~18 待續

作者：Y.A　插畫：藤ちょこ

貴族家連請家庭教師都會惹麻煩!?
王國西方新的不安因素蠢蠢欲動！

鮑麥斯特伯爵家為了小孩的教育提早募集家庭教師，竟被絕對不能扯上關係的團體「賢者協會」纏上！威爾再次體會到貴族家的辛苦。此外巨大魔導飛行船琳蓋亞在傳來發現魔族之國的消息後失去音訊……為您送上以熱鬧的日常插曲為主的第十八集！

各 **NT$180~240/HK$55~80**

國家圖書館出版品預行編目資料

菜鳥鍊金術師開店營業中．4，有點麻煩的訪客 / いつきみずほ作；蒼貓譯．-- 初版．-- 臺北市：臺灣角川股份有限公司，2023.04
面；　公分．--（Kadokawa fantastic novels）
譯自：新米錬金術師の店舗経営．4，ちょっと困った訪問者
ISBN 978-626-352-446-0（平裝）

861.57　　112001737

Kadokawa
Fantastic
Novels

菜鳥鍊金術師開店營業中 4
有點麻煩的訪客

（原著名：新米錬金術師の店舗経営04 ちょっと困った訪問者）

2023年4月12日　初版第1刷發行

作　者：いつきみずほ
插　畫：ふーみ
譯　者：蒼貓

發行人：岩崎剛人
總編輯：蔡佩芬
編　輯：黎夢萍
美術設計：李思穎
印　務：李明修（主任）、張加恩（主任）、張凱棋

發行所：台灣角川股份有限公司
地　址：104台北市中山區松江路223號3樓
電　話：（02）2515-3000
傳　真：（02）2515-0033
網　址：www.kadokawa.com.tw
劃撥帳戶：台灣角川股份有限公司
劃撥帳號：19487412
法律顧問：有澤法律事務所
製　版：巨茂科技印刷有限公司
ISBN：978-626-352-446-0